RYU NOVELS

極東有事 日本占領

中国の野望

中村ケイジ

この作品はフィクションであり、
実在の人物・国家・団体とは一切関係ありません。

CONTENTS

序章　背景

新世紀に入ってまもなく、日中間は表向きその外交関係を維持しつつも、実際には米・朝・韓・露の四か国は、かつての東西冷戦期同様の準有事状況にあるといってもおかしくなかった。

日本領の尖閣諸島は、二〇一四年に中国が提唱したグローバルな経済戦略「OBOR」(One Belt, One Road)とは裏腹に、その領有権は著しく脅かされ、この海域における日中の海軍は、まさしく臨戦態勢に置かれていた。

しかし、二〇一七年二月のOBORサミット、すなわち中国の習近平総書記が打ちだした、この「一帯一路」を歓迎する国際的なサミット・フォーラムの開催は、中国主導による巨大な経済圏構想を事実上、日本を含めて世界が認めたことを意味するものであった。

むかしから、片手で握手し、片手で拳《こぶし》を作るという外交の常道を否定する国はないとしても、どの国であれ、ときにその結果を正しく予測することができないのは歴史が証明している。

日本は、まさに二〇〇〇年以降、中・朝・韓・露のいずれの国とも、そうした関係にあった。

かろうじて保たれていた平和を享受してやまない、日本国民の無邪気ともいえるほどの太平楽さをつなぐため、国のトップにはいくつもの難題を前にして、その一つひとつに正しく賢明な決断をくだすことが求められていたのである。

だが最初の危機は、二〇〇九年から二〇一二年までの民主党政権時代に訪れた。自民党から政権交代した民社国連立政権のトップとなった当時の鳩山首相は、外交政策において致命的ともいうべき二つのミスを犯したのだ。

一つは二〇一〇年の自衛隊インド洋派遣の撤収であり、もう一つは米軍普天間《ふてんま》基地の辺野古《へのこ》移設の見直し表明である。

これによって日本は世界に向けて、特に中朝に向けて誤ったシグナルを送ることになった。

自衛隊のインド洋派遣は、二一世紀に入ってすぐに起きた米国同時多発テロの後、時限立法で実施されたテロ海上阻止活動の根幹であった。

世界規模のテロにも屈しないとの断固たる意思を示したのは、攻撃を受けた米国にとどまらなかった。

しかし、そうした有志の国々と異なり、日本が自由を守るべく仲間のためにみずから血を流すことも厭《いと》わないという決意を示すことは、カルトの教えのごとく、すでに神聖化されているといってもおかしくない不思議な憲法によってできなかったのである。

それゆえ、日本は海上自衛隊の補給艦とこれを護衛する護衛艦をインド洋へと派遣し、洋上に展開する米艦等への燃料補給を実施してきた。みずからが血を流すような行為には参加できないが、友好国への支援は惜しまないということだ。

しかし、日本人がどう思おうと、このことは血を流す決意の国々の民から見れば、実にご都合主義に映る。

自由主義圏の一員ではいたいが、その自由を守るための代償は、自分たちに代わってほかの国の民が払ってほしいというのである。そう、自国が直接こうむった戦いではないのだから、と。

むろんインド洋が戦いと混乱によって大きく荒《すさ》び、日本に石油を運ぶタンカーが途絶えるようなことにでもなれば、能天気な日本人も、さすがに目を覚ますのかもしれない。しかし皮肉なことに、そうならないようにと、テロ海上阻止活動は有志の国々によっておこなわれているのである。

それだけに、日本でも可能なこととして日本人みずからがくだしたその決定を、有志の国々との十分な相談もなく突然やめてしまうような行動は、彼らからの離反と目されてもおかしくなかった。

——日本という国は外圧にはよく耐えても、内からの混乱で容易に引っくりかえる。

仮に、彼らが日本の政権の交代やそのときの立場を十分に理解していたとしても、中・朝・露といった国々が日本与《くみ》しやすし、あるいは容易に取り込むことができるとの印象を持つに至ったとしても不思議ではないだろう。

そこに含意される事の重大さは、軍人や軍人の出なら容易にわかることだ。

だが、たとえ博士の学位は有していても軍のイロハすら知らず、また知ろうともしなかった当の首相には、そのとき自分が一国のリーダーとして大きなまちがいを犯したという認識すらなかったのかもしれない。

たとえ、私人としては善意の人であっても。

素人目には、たかが艦船同士の燃料補給としか映らないかもしれないが、実際には、この洋上補給を可能とする国はかぎられている。

艦が縦に横にゆれる波高い洋上を、数千トンあるいは一万トンを超える大型艦が互いに並走しながら、筒状の供給ラインを使って可燃性の燃料のやりとりをするのである。ひとつまちがえば、沈没や大火災を招く衝突事故も起こりうる。命がけの作業といってもおかしくない。

旧海軍当時から、すでにそのノウハウや実績を有する日本の海自は、他国の海軍が二の足を踏むようなこの難作業を何年ものあいだ、インド洋上でも成功させていた。それを突如、問題の政権は時限立法の時期に合わせるようにして、一方的に中止してしまったのである。

それは盤石と思われた日米の関係に大きく水をさしただけでなく、中・朝には日米安保の亀裂をも思わせることになった。

一つの救いは、同じく前政権当時から実施されていた海賊対処のための海自ソマリア派遣については、新政権も中止や見直しなどに手をつけなかったことである。

いや、正しくはソマリアの場合、インド洋のそれと比べて派遣の規模が大きく陸海空へとわたり、そのため有志連合との関係において、さすがにこれについては安易な中止などできなかったのだ。

そして、この政権による我が国安全保障上の失策は、インド洋派遣中止にとどまらなかった。

あろうことか、すでに前政権当時に決定されていた米軍普天間基地の辺野古への移設を、つまるところ棚上げにしてしまったのである。それも「最低でも県外移設」という自身が夢想する空論のために。

このとき、最初はだれもが鳩山首相には辺野古移設に代わる画期的なアイデア、腹案があるのだと思った。ところが蓋を開けてみれば、腹案どころか、ほとんど思いつきにもひとしいことを口走っていたにすぎなかったのだ。

散々いたずらに問題の渦を巻き起こしたあげくの果てに、彼は、自身の不勉強さとようやくこの問題の難しさを知ったということばを残した。

むろん、それは「現地の事情を汲んだうえでの私のたんなる思いつきでした、ごめんなさい」で、とうていすむようなことではない。

日本も当事者の一人であるとはいえ、日本国自衛隊の基地移設ではなく、同盟国たる米国の軍の基地移設の問題、つまりは相手を有する国際問題なのである。

長い年月をかけて、賛否いずれの立場からそれまで営々と交渉を重ねてきた両国関係者の努力を、一瞬にして水泡に帰すようなことをやっておきながら、彼は首相の座を降りただけだった。そう、みずから尻ぬぐいすることもなく。

にもかかわらず、この政権の外交政策はその後も迷走し続け、ついには中国と一触即発の事態を招くことになったのである。

事は、あとを継いだ菅直人首相時代の二〇一〇年九月に起きた。

尖閣諸島海域をパトロール中だった海上保安庁の巡視船三隻が、領海内で中国籍の漁船を捕捉し、違法操業を確認したことから取り締まりにあたった。

領海内での操業である。これがもしロシアや朝鮮、韓国あたりの海上の国境警備隊、すなわち沿岸警備隊の艦艇であったなら、問答無用にその不審な漁船への銃弾や砲弾による威嚇にとどまらず、実射すらもありえただろう。

しかし日本の巡視船は、むろんそうした銃砲等による威嚇にすら至ることなく、漁船確認後も即取り締まりに移ったわけではなかった。事前に幾度も領海内からの立ち退きを命じたのである。

これを無視し続けた漁船が操業をやめなかったことにより、ようやく巡視船側は漁船への横付け、臨検という実力行使に至ったのだ。それでも漁船は停船を拒んだだけでなく、巡視船二隻に体当たりして損傷させるという暴挙に及んだ。

だが、真の問題はそこからだった。通常なら外国漁船による違法操業ということで落ち着くはずの事案が、日中間の外交問題にまで発展することになった。

国家間の戦争とは多くの場合、そうした偶発的なできごとから火蓋が切られる。日中両国民の思惑とは関係なく、架空、妄想ではない現実のそうした危機が、このときあきらかに生じていた。

海上保安庁は、漁船の船長ほか乗組員を「公務執行妨害」の現行犯で逮捕し、那覇地検へと送検したものの、これに対し中国の北京政府は、在北京の日本大使を呼びだすなどして激しく抗議してきた。「尖閣諸島は中国固有の領土である」という荒唐無稽ともいうべき根拠をもとに。

ところが日本政府は、驚くべきことにそれに屈するかのごとく、早々に問題の漁船と船員を中国へと返還したのである。

一方、中国は抗議に狼狽《ろうばい》した菅政権を弱腰と見るや、次々に要求をエスカレートさせて報復措置までも打ちだしてきた。最後には、主犯たる船長まで即時釈放して返せという。

国際常識や国際法に照らし合わせれば、とうていありえない話である。

ところが、そのいわば反社会勢力の恫喝にも似た要求を、菅首相はじめ仙谷、前原、蓮舫といったときの政権要人らは、断じて拒否するどころか、あっさりとのんでしまったのだ。

しかも、彼らは漁船の違法性や悪質性をつぶさに記録した巡視船の海上保安官の動画を、国民の目に触れないよう隠蔽しようともした。日中間の極度の緊張を生まないようにという実に独りよがりの不見識さによって。むろんそれは、この親中政権の中国に対する一種のおもねりでもあった。

したたかさが要求される外交だからこそ、国際問題に際しては国際法に依拠することが、特に先進国にこそ求められるものを、それを無視し、政治的に都合のよい決着へと、それもただ自分たちがよしとする決着へと国民を導こうとしたのである。その政治手法は、皮肉なことにあたかも共産主義国の党主導による国民支配とも似通っていた。

事ここに至り、日本国民の多くが、自分たちが極めて誤った政権選択をしたことに気づいたものの、二〇一一年の東日本大震災における不手際をみるまで、この政権はつごう三年もの間、存続したのである。

まさに戦後日本の暗黒史ともいうべきこの時期に、日本の安全保障政策はその土台を大きく揺るがせることになったのだ。

この未曾有《みぞう》の国の一大事において、国民に真に寄与したのは陸海空の自衛隊だった。

中国との戦後最悪ともいうべき関係のなかで起きた大震災にも、自衛隊は内にも外にもその持てる力を最大限発揮して事に臨んだ。

東北方面の部隊だけではない。それは正面、予備の全自衛隊を投入しての一大作戦であった。

大阪に拠点を置く中部方面隊所属のある通信隊は震災直後に即応し、全員が三日三晩、不眠不休で通信網の開設にあたり、その間、現場で指揮をとった隊長の三佐は携帯糧食一食のみで過ごしている。

三佐といえば、旧軍、諸外国軍の少佐にあたり、この佐官になるということは高級幹部への登竜門に達したことを意味する。そうした幹部までが、発災後七二時間、ほとんど飲まず食わずで支援活動にあたったのである。

現場で救助や救援活動を実施した部隊のほかにも、新聞にもテレビにも出ないことから、こうした大小数多くの部隊の活躍があったことを知る日本人は、いまもそう多くはないだろう。

震災救援、復旧だけでも一〇万を超える実動部隊が投じられるなか、自衛隊は特にロシア、中国、朝鮮の軍事的脅威にもぬかりなく対処する必要に迫られた。

事実、ロシアは震災のまっただなかで、空自（航空自衛隊）がスクランブルを余儀なくされるような軍用機によるしつような接近を幾度も繰り返した。むろん、非常時における空自の対処能力を試すためだ。

そうした身を挺しての隊員たちの行動は、平時から密な交流を有した米国、米軍の共感を深く呼び、歪《いびつ》な政治の無策の穴を埋めるべく、日米の強固なむすびつきを人々に再認識させるとともに、それを日本の脅威となる国々へ示すことにもなった。

すなわち日本は、米国との同盟による核抑止力と「寄らば斬る」の自衛隊通常戦力の備えによる戦後の日本人が理想としてやまない「戦わずして勝つ」ための上策へと、なんとか回帰することができたのだ。

その後、国民の期待にこたえるべく、かつての驕《おご》りをみずから戒めるようにしてほどなく政権に返り咲いた自公は、まっさきに米国との関係強化を目指した。

国としての基本的な安全保障が成立しないようななかでは、震災復興も経済の立て直しも意味をなさない。国政を知る者には、いたって当然のことだった。

思想をべつとするならば、およそ自公と民社国との違いも、その一点にあるといってよかった。平和の題目を唱えることは簡単だが、国防なくして内政などありえないのである。

隣人、他人を善き者とみなせば、自宅の防犯など必要ないという精神は、たしかにある意味、崇高なものといえるかもしれないが、現実の世界には泥棒も強盗も詐欺師も、そして反社会勢力も存在する。

　ましてや自宅の戸締りや火の用心すら自分でろくにできないような人間のいうことを、他人が信用するわけがない。相手にトラスト・ミー（Trust Me）というには、そういえるだけの自身の資質や背景、実績が求められる。それは、個人であろうと国であろうと同じである。

　不幸にも、それに無知な者が国の舵取りをすると取り返しのつかないことになると、多くの日本人が肌身に感じてわかったはずであるにもかかわらず、自公連立の安倍政権発足後まもまく、沖縄では再び不穏な空気が漂いはじめていた。

　日本が中・朝・露の脅威に対し、これに戦わずして勝つための必須条件の一つともいうべき米国との同盟関係を、米軍基地解消というかたちで見直すべきとの主張や運動が、かの地において激化したのだ。

　奇妙なことに、それはかつての左派勢力のみならず、保守のなかにも湧きあがりつつあった。「いまこそ戦後の米国依存から脱却し、日本もみずから核を保有すべき」との訴えである。

　米軍の核攻撃で敗戦を迎えた戦後の日本人が聞けば、悪い冗談かと思えるようなそんな話が熱を帯び、いまや右も左も米国との関係解消を唱えるようになっていた。

　ただ幸か不幸か、戦後ながらくメディアの偏向に毒されてきた日本人の多くは、反面教師のごとくそうした極端な論調を疎《うと》ましく思い、現実的な思考や選択を模索する傾向が強くなっていた。暗黒史を刻んだあの政権を生んだのも、人々がちょうどその過渡期にあったからといえるだろう。

　そう、ほとんどの日本人は米国との縁を切って、かつてのごとく独自の国防路線をいくことも、あるいは米軍はもとより自衛隊までも減勢して非武装中立をいくようなことのどちらも、決して望んではいなかったのである。

むしろ、これまでどおり米国、米軍との適度な協調関係を築きつつ、政権が変わろうとも国民の信頼に値する自衛隊を維持していくことを願っていた。

ところが、極力平和な生活を送りたいという多くの日本人の姿を、中国、朝鮮、そして韓国までもが快くは見ていなかった。

米国と対峙《たいじ》するロシアにしても同じだった。米国との同盟を日本が堅持するかぎり、日本もまたおよそ自国（ロシア）の邦友とはいえない食えない相手に映った。

ロシアにしてみれば、日本のいう北方領土返還など、およそありえない話であり、これをエサに経済開発のコストを、いかに長期に日本から引きだすかが最大の関心事だった。


ただ、ロシアが中・朝と大きく違っていたのは、かつての冷戦期のごとくには、日本の直接統治や占領といったことには興味がないという点だ。むしろそんな面倒なことには関わらず、それこそ先々中国が、米国に代わり日本を牛耳《ぎゅうじ》ることで、間接的に自国への利益がもたらされればよいという思いがあった。

中国が提唱したOBORへの同調の理由の一つも、そこに北海道の釧路港を南の上海のごとく北方貿易の拠点に置くことがはっきりと記されていたからだ。

将来その釧路港が、日本の港であるか中国の港であるかは、ロシアには関係なかった。この方面の利益が自国にもたらされれば、それでよいのだ。

そんなロシアから見れば、おそらく中国が近未来に日本を自国領とすることも視野に入れて草案したに違いないOBORに、当の日本がこれを訝《いぶか》しがるどころか諸手《もろて》をあげて歓迎しているさまというのは、ただただ滑稽でしかなかった。

日本人の多くに見られるお人よしというより、もはや愚かでしかない。半世紀以上も「軍事戦略」の思考をなくした国の姿は哀れですらあると、モスクワは見ていたのである。

すぐにはありえないことかもしれないが、いま仮に日本が米国の後ろ盾をなくすことになれば、中国の属国と化すのは時間の問題であろうことも、ロシアには容易に想像できた。だが、おそらくいまの日本人に、そうした想像のつく者はわずかである。

いずれにしろ日本の未来は、自国の未来というよりは、アジア地域における米国、米軍のパワーいかんなのだ。

むろん、そうした考えは中国も同じで、OBOR、すなわち「一帯一路」における今後の日本の位置づけは、美国（米国）次第ということになる。

——もう一度、日本国内を政治的混乱に導き、今度こそ日本と米国の関係に大きな亀裂を生じさせるべきだ。米国から離れた日本を牛耳ることは、赤子の手をひねるより簡単なのだから。

中国共産党内部には、かねてよりこうした強硬意見がみられた。

それには日本国内の政権転覆を謀るか、あるいはアジアでの米国の力を削減するかとなる。

自衛隊単独での継戦能力は、わずかに三日、もっても一週間から一〇日である。その間に数百人、いや数十人の自衛官や民間人の犠牲者を出すようなことがあれば、日本人は厭戦《えんせん》、反戦をあちこちで叫ぶようになり、日本の政権は必ず倒れる。あるいは、日本政府は停戦休戦に向けてこちらの要求を受け入れることになるだろう。

一度要求を受け入れた日本人は、いかな無理難題であろうと、重ねてこちらの要求を受け入れるはずだ。それは二〇一〇年のあのときに、はっきりと示されている。

中国共産党内部の対日強硬論者の主張は、そうであった。あとはその機会、タイミングを得るだけだと。

少なくとも美国が戦争嫌いのオバマ政権のあいだは、米軍の瞬時の消耗を謀るようなことは困難との見方が、党の大勢を占めていた。

だが、かつてのブッシュやクリントンのように、大規模な通常戦を辞さないリーダーが出てくれば話は違ってくる。それは朝鮮が利用できるからであった。

第二次朝鮮戦争へと至らずとも、朝鮮が在日在韓米軍に向けていよいよ引き金をひくことになれば、たとえそれが限定された局地戦であっても、米軍にも多くの死傷者が出ることは避けられない。

朝鮮の暴発を半島に招来させることは、中国にとって、そう難しいことではなかった。

できれば朝鮮戦争のように長期化せず、短期の局地戦にとどまるほうが中国にとっては都合がよかったが、長くなればなったで、それだけ米韓の力は減勢されることになる。

その場合、中朝国境の朝鮮難民を封じるようなことは、すでに国境沿いに数十万の軍を配置している中国には、さほど難しい話ではなかった。

そして、そのときに美国本土の美国人たちは、臆病な日本人同様、アジアの他国の戦争からは手を引くべきと、声高にホワイトハウスに向けて訴えるはずである。それでなくともかの国は、長きにわたるテロとの戦いに疲弊しているのだ。

米軍が、かつてベトナムやアフガニスタンから兵を引いたのも、国内世論が沸騰したことによる。

うまくいけば、在日在韓米軍の大幅縮小、撤退ということも起こりえるだろう。

しかし、映画や物語がそうであるように、そうしたクライマックスに至る前には、いくつかの仕掛けや伏線が求められる。

野心的で好戦的なトランプ新大統領の誕生をみて、二〇一八年、ついに中国共産党の強硬派は自分たちのシナリオを試すときが訪れたと確信するに至ったのである。

中国の軍事的な対日戦略は、二つの柱からなっていた。一つは朝鮮とも連携した日本国内での政治工作を含む各種の工作活動やテロであり、もう一つは通常戦による局地戦であった。

つまり、米軍との全面対決を回避しつつ、日本国内に常態的な世情不安を起こし、まずは保守政権の転覆を謀るのである。

同時に通常戦力により尖閣、沖縄等において限定的ながらも自衛隊へ実害を及ぼし、日本国内に徹底的に厭戦気運をこうじさせ、自国中国に圧倒的に有利な外交を展開する。

これにより核や大量の兵を動員することなく、日本統治に向けた下地は完成する。

問題は、やはり米軍の影響力ということになるが、日本への工作の完成を見た後、朝鮮半島での新たな動乱によってその減勢を謀り、日本、アジアへの影響力を大幅に低下させることで、中国の台湾侵攻への道筋を確かなものとする。

ここまでくれば、あとは台湾、そして日本を手中にするだけである。

むろん中国共産党の指導部も、そうしたシナリオどおりにすべてが運ぶとは考えていなかったが、それを試みるだけの力がいまの中国にはあるという自負心は強かった。

二〇一九年六月、中国は尖閣での作戦を前に、その陽動として日本周辺海域へ、ひそかに複数の潜水艦を送りこんだ。

その多くは、さすがに世界でもトップクラスにあるといわれる海自の前になすすべもなく捕捉されたが、それでも一隻は相撃ちながら、海自護衛艦DD-151「あさぎり」を撃沈している。

また沖縄、石垣、宮古方面の航空攪乱《かくらん》作戦や空対艦作戦では対艦ミサイル攻撃によって海自艦を翻弄し、旧型の殲撃《せんげき》6、7(J-6、7)のほか、殲撃11(Su-27)、殲撃13(Su-30MKK)といった新鋭機が、空自の主力戦闘機F-15Jとの戦いで期待以上の活躍をみせていた。

こうした陽動作戦等が功を奏し、中国軍は海上民兵と海軍特別陸戦隊によって実施した主作戦たる尖閣上陸作戦に成功した。

さらにべつの海軍陸戦隊他が宮古島、石垣島を奇襲し、島の自衛隊守備隊や警察、海上保安庁等々に甚大な被害を及ぼしたのである。


そして翌二〇二〇年三月には、潜水艦によって極秘裏に硫黄島周辺に達し、近辺の島に潜入した中国人民解放軍陸軍特殊部隊の数名が、訓練中の海自最新鋭哨戒機P-1へ携帯SAM(地対空ミサイル)を発射、被弾させ、硫黄島本島へと不時着させていた。しかも、その部隊が中国軍籍にあることを日本側に知られることはなかった。

それだけではない。

南の尖閣の小島へと潜入した別の隊は、その潜入を察知した陸自レンジャーの捜索に最後まで対抗し、レンジャー隊員一名を負傷させ、レンジャー隊の支援に訪れたP-1を撃墜している。

しかも、このとき中国はこうした通常戦のみならず、将来の「日本統治」に向けた工作活動や朝鮮とも連携したテロ、ゲリラ戦も日本国内で惹起していたのである。

第1章
アンコンベンショナル・ウォー／不正規戦

二〇二〇年五月

沖縄那覇　陸上自衛隊那覇駐屯地

先月発生した尖閣の小島での掃討戦にともなう海自P‐1撃墜事件は、昨年の「南西防衛戦」から一年を過ぎて、ようやく落ち着きを取り戻そうとしていた日本を、再び緊張させることになった。

むろん陸海空自衛隊も例外ではなかったが、それでもずっと非常呼集や第三種待機の繰り返しのなかにあって、隊員も緊張と弛緩の使い分けができるようになっていた。

そうでないと、とても身がもたない。それでなくとも昨年の戦い以降、陸も海も空もごっそりと退職自衛官が出て、残る隊員の負荷は、ほぼ限界へと達していた。

——風がヘンに生ぬるい。去年、ここ（那覇駐屯地）の隊がレンジャー訓練中に遭遇したとかいうゲリラだかコマンドだかも、おそらくまだ……。

〇六〇〇《まるろくまるまる》（午前六時）には目覚めていた山岡《やまおか》武《たけし》は隊舎の窓を開けながら、そう思った。

二〇代のころに「特別研修」で負った左肩の古傷が、めずらしく今日は少し疼《うず》く。山地で三〇キログラム超の重量物を担いだ登攀《とうはん》訓練の指導中、落石を目にし、部下でもあった訓練生の上に覆いかぶさった際に受傷、骨折したときのものだ。

一般人には英雄的に映るであろうこうした自己犠牲や利他愛の精神は、多くの自衛隊員があたりまえのように有している。

「事に臨んでは危険を顧みず、身をもって責務の完遂に務め……」と、任官時には例外なくだれもが宣誓するが、実際そのように訓練される。

この傷のためか、山岡は自衛隊最精鋭の部隊から外されたのち一時期、防衛省へ出向させられ、自衛官としての職も解かれることになった。

一八〇センチメートル弱の上背に七〇キログラムのウエイト、筋骨隆々ではないが、よく鍛えられたその体には、ほかにもいくつかの傷痕がみられた。

部下を救った際の三級賞詞と精勤章以外、これまでたいした表彰を受けたこともないが、それらの傷が山岡の戦闘職の歴任をはっきりと示していた。


「面倒なことにはならんと思うが……」

昨夜、会議室でテレビの報道番組を見ながら連隊長のいったことばが頭から離れない。その日は朝から嫌な予感がしていた。

三六歳、妻子は長崎に残しての単身赴任。沖縄の部隊に着任して、はや半年になるが、その間、家族のだれとも会っていない。最近では家族との電話やメールも数が減り、山岡は独身と錯覚するようなことさえあった。

長崎から那覇までは、およそ一一〇〇キロメートル、飛行機なら一時間半の距離である。東京・名古屋間の新幹線の所要時間とそう大きくは変わらない。

理屈だけでいえばそうだが、本土と沖縄のあいだにある東シナ海という大海に、人の心はそう簡単に往来できないという心理的なブロックがはたらく。

現地妻というわけではなかったが、山岡は着任して三か月後には、地元の飲み屋で知り合った女と親《ちか》しい関係となった。

「あ、ヤマちゃん、あそこの店、今日来るばあ（今日行くの）？」

「……………」

「あらあ、もう忘れたのお？　この前、また飲もうねっていったさー」

「ああ、あれか。それなら当直が明けたし、そのつもりだけど」

「で？　何時にする？」

突然、そんなふうに陽気な声でスマホに電話してくるような女だ。

裕子《ゆうこ》には、著名大卒の妻のような教養は感じられないが、あけっぴろげな話しぶりや、いかにも南国の女といった開放感いっぱいのしぐさと肉感的な肢体に、山岡はどっぷりと癒された。

彼女がハニートラップ（女性を武器にターゲットの男を手玉にとる女性工作員）と無縁の女であることは、その天然な様子からもわかる。万が一、そうであったとしても、心理戦防護のプロともいえる山岡が、安易にそんな手に乗ることはありえなかった。

実際、彼女には自分が那覇駐屯地に所属する自衛官だとは伝えてあるが、どこの部隊でどういう仕事をして、どういう立場にあるかといったことなど一切話していないし、彼女もまたそうしたことについて、これまで一度も聞いてきたことがない。

プライベートについても、山岡は自分が妻帯者であるということしか告げておらず、裕子は山岡のこれまでの経歴はもちろんのこと、出身地や母校などについても知らないはずである。

むしろ彼女のほうこそ山岡にとっては、そうした都合のいい女というだけでなく、駐屯地近辺の町の様子を知るための貴重な情報源であった。

幹部自衛官の仕事は一般企業の幹部以上に、いかに多くのストレスを抱えることができるかということと無縁ではない。

下士官の曹クラスにしてもそうだが、ストレスに耐えられない幹部は、個人的にいくら優秀な資質を有していても、部隊のなかではまったく使いものにならない。むしろ頭の出来は人並みでも、精神的にタフな幹部が重宝される。

だから初任の幹部を作る幹部候補生学校も、候補生らに対して、いかにしてストレス耐性を養うかを叩き込む。

とはいえ幹部も人間である以上、仕事として抱え込んだそのストレスを、べつなかたちで解消する必要に迫られる。妻や家庭にそれを求めることのできる隊員は、むしろ恵まれているといえるかもしれない。だが山岡の場合は、必ずしもそうとはいえなかった。

「できれば小学校から私立に行かせたいんだけど、地方だとなかなかいいところがなくて。東京とはいわないけど、どこか大きな都市の部隊に転勤してもらえるといいかなあって思ってるんだけど」

裕子と違って陽子《ようこ》の話は、いつもわかりやすかった。論理的で、まず結論を示す。この妻が部下だったら実にやりやすいだろうなとも思う。

いや、そんな印象を受けたからこそ、自衛官の妻としてふさわしい女性だと山岡は思ったのである。

だが、それは結婚して二年が過ぎ、三年が過ぎ、さらに子どもができてからは、相手の声は届いていても、こちらの声は届かない壊れた無線機のように感じられることが山岡にはたびたびあった。

沖縄行きも、半分は自分が希望したことではあったが、陽子には隊からの異動命令だと伝えてあった。

　別れる、避けるといった露骨な思いからではなかったが、しばらく妻との距離を置くことで、自分のなかになにか心境の変化というか、もっと妻を許容できる余裕みたいなものが生まれやしないかと考えたからだ。

　――第一五旅団第五二普通科連隊本部第3科運用訓練幹部。

　これが、山岡一等陸尉（一尉）の現在の補職だった。昨年までは数年間、制服自衛官という立場を離れ、防衛省のある部署に配属されていたが、久々の部隊勤務にも山岡はすぐに順応することができた。

　自衛隊では発足以来、「作戦」を「運用」と呼び換えている。すなわち山岡は、いま連隊の作戦や訓練の計画、実施等に直接関わる連隊の要職にある。S3とも称される3科長は三等陸佐（三佐）だが、山岡はその次席ともいえ、ときに連隊トップの連隊長じきじきの指示、命令に則する必要があった。

　――ああ、やっぱり考えすぎか。当直のほかにも、このところ訓練計画がたて込んで、しばらく徹夜が続いていたから、そのせいだな。

　いつものように朝の国旗掲揚を終え、課業開始となる。山岡はその日の午前中、本部班の陸曹とともに、駐屯地に隣接する那覇訓練場の点検にまわることになっていた。

　ほぼ全域が原野のここでは、普通科連隊を中心に、同じ第一五旅団隷下《れいか》のヘリコプター隊などが日々訓練をおこなっている。

　突然、無線を通じてすぐさま帰隊するように告げられたのは昼前で、まもなく点検を終えるというときだった。

非常呼集ではないが、それに準ずる事態であるから、とにかくすぐに戻れという。

連隊長も、最初はそれほどの大事とは考えていなかったようで、沖縄ではめずらしくないデモや集会の類いであり、トラブルがあったとしても警察や機動隊の出番で、自衛隊にお呼びはかからないと、たかを括っていたのだろう。

それでも抜け目なく駐屯地周辺事態を適用して、情報小隊から少数の隊員を騒乱の現場へと派遣するところが、やり手として知られる連隊長の才ともいえた。

だが事態は、今回ばかりはその連隊長の才や度量を上まわっていた。

「第一報は救助要請だったな。よし、山岡一尉と医官が来たから、二人にも聞いてもらうかたちで、もう一度確認するよ。

首里《しゅり》地区に進出した村山《むらやま》二尉ほか四名の偵察隊は、現地で暴徒らの激しい襲撃を受け、乗っていたコーキ（高機動車）が破壊され、隊員と近くにいた民間人に負傷者が出たと、そうだったね？」

「はい。至急、医者と薬等々を要するといってます。負傷者に対しては、すでにできるかぎりの応急処置はしたようですが」

副官がそう答えると、岡崎《おかざき》連隊長は血相を変えて腹立たしげに告げた。

「なにっ！　それほど急を要するのなら、うち（部隊）を待つより、近くの病院か救急搬送してもらったほうがいいんじゃないのか。中国軍の強襲とでもいうのなら、話はべつだが」

「救急車を要請したものの、一一九、消防のほうからは、すぐには対処できないといってきてるそうです」

その副官のことばに、連隊長はいよいよ我慢ならないといった面持ちを見せながらも、どうにかその感情を抑えることに努めているように山岡には見えた。

「はあ？　どういうことだ。ケガ人がいるのがわかっていながら対処できないって、警察や消防は、いったいなにをやってる。自分たちでなんとかできるだろうと、我々（自衛隊）をナメてるのか」

連隊長はそういいながら、いくぶん頬を赤くして銀縁の眼鏡の奥から怪訝《けげん》な視線を副官に送った。

「はっ、いえ、それについては、いまのところこちらには情報があがっておらず、なんともいえませんが、おそらく現地状況を推測するかぎりでは、警察も消防も手いっぱいなのではないかと……」

「で？　要救助者は？　負傷者は、どれくらいの数になるのか」

その問いには、副官は連隊長に明瞭に返した。

「負傷者は民間人三名、隊員二名の計五名。うち民間人二名と隊員一名は重傷で、手を貸しても歩行できる状態ではないとのことです。ほかの負傷者にしても、応急処置だけでは間に合わないといってきてます。それ以外にも、病院等で手当を要するような民間人の軽傷者が数名いるようです」

――少なくとも搬送を要する者が三名に急を要する者が二名、ほかに要治療の軽傷者が数名となると、つまり、少なくとも七、八名から一〇名程度の負傷者を運ぶことのできる車両が必要というわけか。

防大理系出身の山岡一尉は頭の中で瞬時にそうはじきだすと、同じ防大出の連隊長も自分と同じ計算をしているのではないかと思った。

すぐに腹を括ったように連隊長が発した。

「よし、うちでやる。現地の指揮をあんたに頼みたいが、どうだ、やれるか」

「もちろんです。やらせてください。ただ、目下うちの部隊に残っている使用可能なＬＡＶ《ラブ》（軽装甲機動車）は二両のみで、護衛用にしかなりませんし、コーキ（高機動車）には装甲がなく、それに搬送の負傷者がいるとすると、現地の負傷者全員は運べません」

「だったら一トン半（旧七三式中型トラック）、装甲トラックを使ったら、どうだ。あれは、もともと米軍のイラク戦から教訓を得るかたちで、こうした事態を想定して改修したんじゃないのか」

「はい。おっしゃるとおりですが、あれは非武装ですし、ミニミ（軽機関銃）を据え付ける架台もありません。

　万が一、暴徒の中に武装勢力が紛れ込んでいたような場合、単独では対処のしようが……荷台に武装した隊員を一人配置するといったことも可能ですが、防弾チョッキがあるとはいえ、機関銃等に対しては裸同然ですし、それに現地の隊員の収容を考慮した場合、帰りの乗車定員が問題になるかと思われます」

「いや、これまでのところ、暴動は暴動でも問題の連中が組織的な戦闘をおこなっているとの情報は入っていない。まさか中国のコマンドや特殊部隊というわけじゃなかろう？　そうだな、副官」

「はい。偵察隊も火炎瓶か手製の爆弾、爆発物らしきもので攻撃された……訂正、襲撃されたと報告してきてはおりますが、銃や火器等についての報告は目下のところありません」

「うむ。アメリカのような銃大国じゃないんだから、仮に武装しているにしてもせいぜい数人、それも猟銃や散弾銃くらいのものだろう。

　それよりも無用な武力衝突は極力避けて、スピードにまかせて危険地帯を一気に突っきって救助地点に向かえ。トラックとはいえ、一トン半なら（時速）一〇〇キロ超で走れる」

「なるほど、負傷者収容についてはわかりましたが、装甲トラックは装甲重量が加算されたぶん、最大定員はもとの一六名を大きく下回る一〇名となっており、現地で警護、事態にあたっている隊員三名を、いえ、重傷者一名をのぞく四名をこれに同乗させた場合、やはり定員オーバーになるおそれがありますが」

「それについては、一トン半の警護に随伴させるLAV《ラブ》で拾ったらいいだろう。運転手に射手、それに四名だと、たしかにそれでも帰りは一名定員オーバーになるが、こんなときに警察も杓子定規の対応はせんだろう。

　万一の場合は、私が責任をとる。とにかく時間がない。現地では、いまこのときも負傷者らが救助を待ってるんだ。こんなところであれこれ考えているより、まず行動だ。いいか、行動しつつ、考えよ。よしっ、かかれ」

　山岡と医官の二人に向かって連隊長は、そうはっきりと告げた。命令書もなにもないが、事実上の連隊長命令である。

　となりにいる加瀬《かせ》一尉は防医大（防衛医科大学校）卒の医官だった。現地には衛生員がいて負傷者の手当にあたっているが、できることには限界がある。

　いまでは米軍のメディック同様、自衛隊の衛生員も第一線救護員等の所定の資格を持つ者は、救急救命という状況下にある場合、医師や医官の指示がなくても自身の判断で止血、縫合、気道の確保、点滴といった医療行為ができる。それでも衛生員と医師では大きな差がある。

　町なかでも、やはりある程度の救急医療行為を可能とする救急救命士の制度が早くに施行されて以降も、実際には医師の診《み》たてが求められているのと同じで、自衛隊の救急医療においても、その差が大きく埋まることはなかった。

山岡一尉ほか四名の救助隊が、部隊を発してから三〇分と経っていなかった。

煙、そして化学薬品が発するような異臭、路上のあちこちで炎をあげているドラム缶、窓や車体にいくつもの弾痕がある放置された車、店の屋根から落ちそうになっている看板……。

――ここは日本のはずだが。

山岡一尉は、かつてこれと同じ光景を目にしたことがあった。ＰＫＯでイラクを訪れたときである。

しかし、そのイラクでも演習でも経験したことのない実弾の雨は、なおも激しく山岡一尉たちが駆る一トン半へと降り注いだ。

この車両はイラクで使われた米軍の装甲トラックにならい、運転席の窓や車体、天井に外側から鉄板を溶接して装甲が施されていた。

荷台には武装した隊員一〇名を収容できるが、山岡一尉は警護用の武装隊員を乗せずに正解だと思った。「敵」のこの数では反撃どころか、たちまち蜂の巣とされたに違いない。

それどころか一トン半自体が、このままではそう長くは持ちこたえられそうになかった。直接見なくても、装甲のない方向指示器やバックミラーが鉄の弾に粉砕されるのが、音からもわかる。抗弾性のタイヤもいつまでもつかわからない。

命中の有無を問わなければ、数十発の、いやすでに百発を超える弾を浴びているに違いなかった。屋根にカン、カン、パシッと立て続けに当たる弾の一つが、いまにも貫通して車内に飛び込んでくるのではないかと思われる。

「加瀬さん、これじゃダメだ。救助もなにも、ただ敵の的になるだけで、こっちが救助される側になりかねんよ。いったん戻って」

山岡一尉がそこまでいいかけたときだった。

ひときわ高く強く短い連射音がしたかと思うと、一トン半の窓を大きな鉄のハンマーで短く連打するかのような衝撃とともに、小銃弾の大きさをはるかにしのぐと思われる一弾が、加瀬一尉の顔の半分を穿《うが》つと同時に吹き飛ばした。装甲のスリットをかいくぐって飛び込んできたのだ。

そのせつな、同僚の血しぶきと肉片と思われるもの、それとよくわからない歯かなにか硬い物が、山岡一尉の肩から顔へと降りかかった。

あっと思いはしたが、おそらくは重機関銃か機関砲の弾の直撃を受けた加瀬一尉の生死を探るバイタル（生命兆候）をとる前に、山岡一尉には、すぐにやるべきことがあった。

運転している渡辺《わたなべ》二曹（二等陸曹）も同じように血と肉片を浴びたのか、あるいは自分の目を負傷したのか、

「ああっ、くそっ、見えないっ！　隊長、見えません、目がっ」

と、さすがのかつての空挺レンジャーの猛者《もさ》も思わずそう声を発しながら、車の速度をわずかにゆるめたからだ。止まれば確実に敵に仕留められる。

「渡辺二曹、止まるな、止まっちゃいかん。いいか、アクセルは踏んだままだ。そのまま走らせろ。とりあえずまっすぐでいい。ブレーキやハンドルを切るときには俺がいうから、とにかくアクセルだけは離すな！」

山岡一尉は怒鳴りつけるような口調で、とっさにそう言うと、すぐさま戦闘服下衣のポケットから草色のタオルを取りだして、血糊のついた二曹の顔を拭《ふ》いてやった。

訓練どおりすぐに冷静さを取り戻した二曹が、

すみませんと一言だけいって、自分の片手でそれを受け取った。

山岡一尉は撃たれた後、その場に崩れて二曹のほうへ寄りかかる加瀬一尉の体をぐいと自分のほうへと引き寄せて、二曹の運転を楽にしてやった。

はっとして見ると、加瀬一尉の戦闘服をつかんだ手がぐっしょりと濡れて朱に染まり、鉄くさい血の臭いが車内に漂う。

山岡一尉は、その手を自分の戦闘服上衣の下端で拭《ぬぐ》ってから、自身と二曹は被弾していないか、ケガはないかと数秒のうちに確認した。

その後、即死とはわかっていても、まだ若い医官の手首の脈を、揺れる車内で念のため測ってみた。止血しようにもあちこちから血が湧き出ており、手の施しようがない。

人の体からはこんなにも血が出るのかと思うほど、加瀬一尉の顔や肩、首のあたりから血液があふれ、シートを濡らし、それは車の床に広がっていくのだった。

その間にも敵弾は容赦なく飛んでくる。

恐怖感よりも怒りのほうが沸々と強く込みあげてくるが、山岡一尉は冷静になれと自分に言い聞かせてから、本部との通信用の無線機に手をかけて愕然《がくぜん》とした。別な弾によって穴が穿たれている。思ったとおり無線機は、すでに鉄くずと化しており、電源すら入らなかった。

山岡一尉は、もはや任務の続行は不可と決断し、ハンドルをとる部下へと告げた。

「渡辺二曹、来た道をまっすぐ帰ればそのほうが時間的には早いかもしれんが、敵がまだ残っているようなら、おそらくもちこたえられない。

この先のどこか脇道に入って迂回して帰隊しよう、いいな。目のほうはどうだ、見えるか」

「はい、だいじょうぶです。最初は、自分もやられたのかと思ったんですが、加瀬一尉の一部だったようです。一尉はお気の毒ですが……。

しかし隊長、自分らが救助にいけないとなると、待ってる人たちはどうなりますか。隊員は自力でなんとかするとしても、民間人は助けないといかんのではないかと思いますが」

「ああ、そのとおりだが、俺たちも万が一、加瀬一尉と同じようなことになれば、この状況を報告する者がいなくなる。

いいか、救助を待っている連中には申し訳ないが、仮にこのまたどりついても、へたをすれば帰路の途中で全滅ということにもなりかねない。明治の八甲田山と同じまちがいを犯してはいかん」

山岡がいうのは、旧陸軍が日露戦争の前に実施した八甲田山での雪中行軍訓練のことだった。山岡自身、かつて冬戦教、すなわち冬季戦技教育隊でも訓練を受けた経験がある。

「青森五連隊遭難の最大の原因は、装備うんぬんということよりも、まだ帰路がわかっている初日の段階で、田茂木野《たもぎの》へと伝令を送らなかったことだ。迷走する前に部隊や現地の状況を早くに連隊へ伝えようとしなかったことにある。

天気が悪くなりかけた時点で、連隊からの指示を仰ぐべきだったのにな。田代が目の前だってことで焦《あせ》ったんだろう」

「そのころ、陸の無線はまだなかったんですか。海は使ってましたよね」

「ああ、連隊本部や警察ではモールスを使った電報のやりとりもあったようだが、携帯可能な無線機がないってのに野戦電話も敷設、中継せず、伝令も出さんというのでは、ゲリラならともかく、およそ軍隊とはいえん。オレたちもそれと同じことをやっちゃいかんということだ」

「わかりました」

「とにかく救出には、もっとまとまった部隊が必要なことがわかった。こいつら、偵察隊をエサに救助にあたるオレらを待ち伏せてたってわけだ。

それを本部へと伝えないといかん。どこが、ただの暴徒だ。それこそ軍隊と変わらんじゃないか。必ず戻るぞ」

「了解、迂回して隊へと戻ります、必ず」

弾雨の下にあっても、山岡には老いた両親の顔も妻や子の顔も浮かぶことはなかった。裕子のことも。

それどころか、こうした状況につきものの死の予感といったようなものは微塵もなく、そして根拠もなにもないというのに、山岡には自分はこの窮地を絶対に脱することができるとの確信、自信さえあったのだ。

――ここで死ぬようなことはない。

なにがそう思わせるのか不思議というほかなかったが、自分はまだ死ぬ運命にはない、もっと大きな仕事が待っている、やがてほかのだれにもやれないことをやる必要に迫られる、そのときが必ず来るとの、妙な自負心が山岡の心を席巻していた。

昨年(二〇一九年)の「南西防衛戦」、そして今年(二〇二〇年)春の「広域事態対処」と、日中間はまだ総力戦へと拡大していないとはいえ、二〇一九年の六月以降、武力衝突をともなう小競り合いを繰り返してきた。

目下は小康状態にあるとはいえ、尖閣列島を焦点とする南西方面における日中間の緊張は、依然として極度の高まりを見せている。

弾道ミサイル開発に窮したか、あるいは自己満足に達したのか、北朝鮮によるミサイル挑発はこのところなりを潜め、朝鮮半島だけは不気味な沈黙を見せているが、それもいつまで続くかわからない。むしろ静かすぎるだけに、余計に言い知れぬ不安感が助長される。

——こんな調子で、夏のオリンピックなどやれるのか……。だが、オリンピックを中止に持ち込み、日本の威信を潰すことが中国の目的とも思えない。いや、中国の思惑は日本のオリンピック潰しどころか、日本そのものを潰すことにあるのではないか。

山岡は、まだ体温の残る血に染まった同僚隊員をそばに置き、眼前の「戦場」を離脱しながらも、冷静さを失ってはいなかった。

この現状を一刻も早く、そして正確に本部へと報告すること。それこそが、自衛隊幹部たるいまの自分に課せられた責務との思いが山岡にはあった。

沖縄県外からの外力を軸とした沖縄県内の反戦機運、反戦運動は以前から見られるものだが、今度ばかりは「運動」の域を完全に超え、警察、機動隊だけの対処では追いつかない事態を迎えていることはあきらかだった。

「敵性サボタージュ（騒乱の醸成、政治工作活動、市民工作活動）の可能性大なりと思われます」

報告に際しては、必ずその一言を付すことを山岡は心した。

「なにいっ！　よおし、わかった。非常呼集、うちの連隊全力をあげて、なんとしても救出に向かうよ。状況が状況だから、師団へも国への出動の許可も、事後承諾でやる。出動した時点で、私のほうから上にそう告げる。

とにかく、ここ（五一普連）にいる者（隊員）で、すぐに出ることのできる者は全員出ろ。各所の車両もできるかぎりまわせ。ヘリもだ。

とりあえず、一中隊と二中隊の二個中隊は、いますぐ即応できるはずだな？」

山岡の報告を受けた連隊長がまくしたてると、副長は逐次メモを取りながら、はい、はいと返事をした。

それでも先遣の一中隊が、各種の車両で現地に到着したのは一時間後だった。

消えたかと思われた暴徒、いや武装集団は隠れていたにすぎなかった。

一中隊長、二中隊長とも連携し、3科長の三佐を補佐するかたちではあるものの、事実上、連隊本部直の総指揮官となった山岡一尉は、今度はLAVに乗って部隊を先導した。

やはり一中隊が首里地区に入ったところで、道路わきの建物や溝、放置あるいは捨てられた車両の陰から機関銃を含む小火器により、いっせいに射撃してくる。

——どこにこれだけの武器や弾薬が……それに、この人の数というのは、いったい……。

山岡は不思議に思ったが、とにかくこの武装集団を無力化するか沈黙させる必要がある。

一中隊が得体の知れない連中をひきつけているあいだに、べつのルートをいく二中隊とその一部を空輸するヘリが救助に向かう手はずになっていた。帰りのヘリに救助者を乗せ、そのまま病院へと搬送するのだ。

三中隊と本部管理中隊は、留守をねらって強襲してくるかもしれないゲリラ、テロへの警戒と、万が一、一中隊二中隊に損害が出た場合の増援にあたる。

つまりは3科長のもとで山岡一尉が先導する一中隊が、軍隊なみの戦闘力を持つ武装集団を相手に、その実力を発揮できるかどうかに作戦の成否は左右されることになる。

医官を撃った重機関銃が待ちかまえていると思われる交差点のずっと手前に達したとき、山岡は指揮車のLAVにともに乗る3科長へと告げた。

「3科長、この道路の先でさらに敵火力の集中をみると思われますので、ここで一部の隊員を下車させて二個に分け、それぞれ道路の左右側溝づたいに沿線の建物の裏手から向かわせます」

車両で道路をいく部隊とその道路沿いの建物の裏手を進む部隊とに分け、敵の銃兵を挟撃しながら進むのである。

「了解、それでいい。ただ、現段階では建物内に入って敵を掃討することは法的に難しいから、それには注意しないといかんね。あと、一般市民と敵との識別も確実にやらんといかん」

「はい。どのみち現員では各建物の捜索までは無理かと思われます。市民との区別については、隊員には出動前に武器を手にしているかどうかで区別するように伝えてありますが、最終確認として、武器を手にしている相手については射殺もやむなしということで、よろしいでしょうか？」

「うん、まあ、射殺は望ましいことではないと思うが、今回の場合、正当防衛要件として認められるというのが、連隊長はじめ連隊本部の総意、判断ということになる」

「了解しました。それでは、これより敵制圧にかかります」

「はい、かかれっ！」

山岡は別車両の一中隊長あてに、そのまま車両部隊を率いて交戦しつつ、道路をゆっくりと進むように無線で指示を送ると、自分は指揮車を降りて徒歩部隊の先頭に立った。

「一中隊第三小隊長の安永《やすなが》三尉です」

「連隊本部、山岡一尉だ。実戦ははじめて？」

「いえ。昨年、レンジャー訓練中にゲリラと」

「ああ、そうか。じゃあ、俺が引っぱっていかなくてもよさそうだな。出動前に一中隊長から聞いてると思うが、武器を保持した相手への射殺許可も出ている。

今回は、うち（連隊）が先にやられているわけだから、正当防衛ということになる。だから遠慮はいらんが、識別には注意せよ。いいな」

「了解。武器を保持する相手への射殺を許可、識別に注意」

「よし、やろう」

二人が出会って五分と経っていなかった。

すでに一般の市民は避難したか逃げたかで、道路側での銃火器の発射音以外にひとけは感じられないが、突然、二階建ての建物の上階から敵が一発、二発と間を置いて撃ってきた。

識別の件か、あるいは小隊長の指示がなかったからか、反応して応射する小隊員はいなかった。

よく訓練されているといえばそうだが、いまは訓練ではなく実戦なのだ。彼我《ひが》の距離は一〇〇メートルと離れておらず、敵が優秀なスナイパーならこの時点で確実に二人は撃たれている。

敵の武器はあきらかに小銃だが、山岡にはそれがどこの国のものか過去に聞いた覚えがなかった。

一時期、特殊作戦群にいたときは、中・朝・露で使用されている小銃の類いについて、その外観だけでなく、あつかい方はもちろん、実際に射撃した経験もある。

おそらく、日本でも売られているマニアか猟師などが持つ猟銃の類いだろう。それも散弾銃ではなく、レミントンやブローニングといった、大型の動物も倒す強力なライフル銃に違いない。

その銃弾が、分散する小隊員らをまたしてもかすめていく。銃は強力でも射撃の腕はたいしたことなさそうだと山岡は思った。

「前方の」

安永三尉が小隊員に向けて、そう大声を発しようとするのを、山岡一尉は目と首を振って、すばやく制してから告げた。

「ここで発砲命令を出せば、敵は姿を隠す。静かにやろう」

山岡は陸自標準の八九式小銃以上に使い慣れている狙撃銃ではなく、安永たちと同じ八九式小銃を携えていた。

それを物陰越しにかまえてあらかじめ照準を定めると、撃っては身を隠しといった動作を煩雑に繰り返す敵が、窓の陰から再び身を出す瞬間を待った。

一秒、二秒、三秒……よしっ！

そう思うよりも早く、山岡の人さし指は引き金を絞っていた。狙撃をするときには、引き金を引くのではなく絞るようにする。

そうしないと銃口がわずかにぶれて、射弾がそれることがある。

一方、連射や接近戦では、いかに速く撃てるか、しかもどれだけ敵に弾を命中させることができるかが重要となる。

ひとくちに射撃、銃を撃つといっても、戦闘では、その場そのときの状況に応じた撃ち方というものがあり、普通科の隊員、すなわち歩兵には、それに習熟することが求められるのだ。

山岡の放った精確な一弾を頭に浴びた敵は、その瞬間、上半身がいったんのけぞったものの、窓枠のない開け放たれた窓から横に身を投げだすようにして地面に落ちた。

「女性？　いや、違うか……やはり女ですね」

小隊員があたりをなお警戒するなか、安永と二人で敵兵を確認すると、二〇代と思われる若い小隊長がいくらか驚いた口調でいった。たしかに、まだ中年の域には達していなさそうな若い、それも大柄の女だった。

「活動家でしょうか」

不思議そうに問う安永に、山岡はわからないというふうに、ただ首を横に振って応じた。そして、すぐに今度は周囲に響くほどの大声で、

「RPG《アール・ピー・ジー》（携帯対戦車ロケット弾）！」

と発したのち、身を伏せた。

RPGは戦車や装甲車を穿つだけでなく、建物や陣地の破壊のほか、榴弾《りゅうだん》として人員そのものへの殺傷力を有する。

一人の小隊員の近くに、火炎を曳《ひ》いたそれが落下して爆炎を発した。

飛んできた方向に山岡が目を移すと、次弾を装填しようとする敵が見てとれた。

距離およそ五〇メートル。山岡は、今度はさっとねらいをつけると、すばやく二度の三点射をおこない、敵ロケット弾の発射を封じた。だが、ほかにも敵はいる。

「前方、五〇、敵の散兵、各個に撃てっ！」

安永の指示に、各所に隠蔽掩蔽した小隊員らの小銃が、待ってましたとばかりにいっせいに火を噴いた。

パチパチパチと豆がはじけるような、みなが聞きなれた音がしたが数秒ほどして、

「撃ち方、やめっ！」

と安永がいうと、一帯はシーンとした不気味な静けさに包まれ、ただ灰白色の煙と匂いが漂っていた。

建物に潜む敵がこちらを静かにうかがっているようにも思えるが、山岡らの目的は、いかに多くの敵を殺すかではなく、敵の銃、火器を沈黙させ、ひいては別動隊による味方と民間人の救出を成功

させることにあった。

だがそれは、まだ始まったばかりで、無線にも救助に成功したとの知らせは入ってこない。

——この状況が、テロであって戦争でないというのなら、テロと戦争の違いは、いったいどこにあるというのか。

日本でも有数の対テロ戦のプロともいえる山岡にも、その違いはわからなかった。

それでも彼には、なお事にあたり、それを完遂しなければならない責務が課されていたのである。

前年二〇一九年秋
長崎佐世保　海上自衛隊佐世保地方総監部

ウーーーン、ウーーーン、ウーーーン。

米軍なのかどこかの部隊なのか、そうでなければ造船所なのかもしれない。

突然、海側から甲高いサイレンの音が聞こえ、当直幹部の一人として総監部の自分のデスクについていた若い佐官は、なにごとかと窓越しに灯火にあふれる外を見やったが、そのかぎりでは特に異変は感じられなかった。

——まさか、また中国軍の……。

だれもがそう思ってもおかしくはなかったが、発生から終局までわずか二週間足らずであったとはいえ、あの多くの犠牲者を出した日中間の「南西防衛戦」から、まだ半年と経っていない。

実際のところはわからないまでも、あの戦いは一部の中国軍部隊の暴発であったとして、中国政府も日本政府とともに火消しにやっきになっていたはずである。

——再び軍の謀反があったということなのか。

佐官はそう思う反面、すぐに、そうはあってほしくないがとも思った。

　基地に隣接する造船所で大きな事故が発生した場合には、変わった音色のサイレンが鳴るらしいと人づてに聞いたこともあるが、これまで実際にそうした状況に遭遇したことはなかった。

　そもそも造船所では、毎日始業時や終業時に短いサイレンが決まって鳴るから、サイレンが発せられること自体はめずらしいことでもない。みな怪訝に思っているに違いないが、同室の他の当直員もだれも声を発することはなかった。

――たぶん、造船所の火災訓練かなにかだな。

　夜間ご苦労なことだが、とにかくただでさえ通常業務で目がまわるというのに、面倒なことに巻き込まれるのはごめんだと、佐官は再びＰＣの画面とデスクの書類とを照らしあわせた。

　しかし、それから五分と経たず、室内の電話が鳴り始めた。


「えーと、もう一度っ、事故？　テロ？　どっちですか？　えっ、わからない？　それで艦は、『いせ』は、いま燃えてるんですか？

　はい、はい、はじめに火炎を確認した。いま現在は白煙があがってる……白煙ですね？　それは、どこから？　どのあたりからあがってますか？

　うん、はい、艦橋の、ぜんぶ？　ぜんぶっていうのは前方、前のほうですか？　ああ、なるほど……それで、その白煙は、煙の量は、かなりの量ですか？

　はあ、はい、そうですか。いま乗組員の、クルーの様子は、そちらからわかりますか？　そう、乗組員。はい、はい、えっ？　甲板上に、複数の者が倒れている。複数というのは数名ですか？

　もっと？　ええ、はい、はい、負傷者がいるもよう……」

　平瀬《ひらせ》町の佐地監（佐世保地方総監部）にそうし

た電話が殺到したのは、課業終了後、すでに三時間を過ぎたころだった。

相手は二護群（第二護衛隊群）司令部や米海軍基地司令部その他の部隊からで、佐地監防衛部第一幕僚室主任の佐藤《さとう》三佐（三等海佐）は、ひたすらその対応に追われるだけで、いっこうに全体の状況が把握できなかった。

主任は自分の実業務とともに室長の補佐にあたるが、第一から第五までの各幕僚室の元締めは一佐クラスの防衛部長で、そこへあげる情報のとりまとめが必要となる。

情報は本来、二幕（第二幕僚室）の担当だが、非常時にはそう杓子定規なことをいってはおられず、結局は、だれかが貧乏くじを引くことになる。

いまは、そのくじを自分が引いたのだと覚った佐藤三佐は、腹を決めて事にあたることにした。

佐藤の前職（補職）は、特警隊（特別警備隊）の小隊長で、三佐昇任後に現職へと補職されたが、実際はそれは裏がある人事だった。

それによって一度は自衛官を辞してもよいとまで考えた佐藤が、性に合わないデスクワークに目をつぶったのは、身内や結婚を約束した彼女のためではなく、かつて失った部下に対する思いからだ。

「あれは訓練中の不慮の事故だ。望まない事態であったとはいえ、うち（特警隊）がそうしたリスクの高い訓練をやらざるをえないことは、あんたも熟知しているだろうが。

いずれにしろ、警務隊も警察も事故と判断して捜査を終了している。部隊、上長の指揮監督にも、なんら過失や違法性はみられないとの結論がすでに出ているというのに、なんでいまさら、うちが内部の再調査をする必要があるのか。

部下を失くしたあんたが、強い自責の念に駆られるのはわかるが、無用な波風を立てて部内の規律を乱すようなことは感心しない」

あのとき佐藤は隊長にそういわれて、感情を制することができずに思わず、

「では、辞めます。退職します」

と口にしてしまったが、それを受けて隊長はいった。

「バカやろうっ！　一時の感情で、めったなことをいうもんじゃない！　あんたが辞めたら、横田《よこた》三曹（三等海曹）は生き返るのか？

殉職した部下に対して、ほんとうに申し訳ないという気持ちがあるのなら、その部下のぶんまで、最後まで奉職するのが筋じゃないのか？　違うかっ！」

まだ現役であるにもかかわらず、隊員や関係者から「SBU（海自特別警備隊の英略称）のレジエンド」といわれている一佐の圧に佐藤は息をのみ、ただ頭を下げるしかなかった。

横田三曹は、おそらくは風邪で発熱していたにもかかわらず、スキューバダイビングをともなう水路潜入の訓練の最中に平衡感覚を失い、水深三〇メートルの海中へと没したのである。

SBUの徽章が付与されない基礎課程の訓練生には、二〇〇八年に起きた事件以来、部隊や教官によるメディカルチェックが頻繁におこなわれるようになった。

安全管理が不備ななかで実施された格闘訓練において、訓練生の一人が急性硬膜下血腫で死亡した事件である。

だが、常に実戦を前提とするSBU有資格者たる隊員は、セルフチェックが基本となる。そのため本人が体調不良を自己申告するか、あきらかな異変や異常行動でもみられないかぎり、訓練であれ実戦であれ、必然的に参加することになる。

むろん体に異常を抱えたまま実戦に臨めば、同僚隊員や小隊全体を危険にさらしかねないから、自己申告するよう徹底されている。

そうはいうものの、SBUの隊員はいずれも体力にも戦技にも自信のある者ばかりで、しかも絶えず実戦を意識していることから、ちょっとやそっとのケガや病気は克服して当然といった気概が強い。

幹部学生として一からSBUの訓練課程を経て、小隊長にまであがった佐藤は、そうしたSBU独特の空気というものを熟知していた。いや、自身がその空気そのものだった。

「横田三曹、異常はないか」

訓練前日、佐藤は小隊員の一人である若い海曹が、いつもよりどことなく元気がなさそうなのを見てとり、そう問いはしたのである。

「いいえ、特に異常ありません」

横田のその返事には、これといって違和感は感じられず、佐藤がそれ以上、問うことはなかった。

「風邪かなにかはわかりませんが、ひょっとすると横田は、少し体の具合が悪かったのかもしれません。二日前に市販の薬を飲むところを見ましたが、本人はだいじょうぶだといってました。

しかし、いま思うと熱があったんじゃないかなと……。着込んでましたし、ときどきぶるっているようにも見えましたので」

彼の体調不良を佐藤が知ったのは、事故後、彼と同室の隊員によってだった。

——熱発？　そこまでの感じには見えなかったが……それでいくらか顔色が悪そうにしていたのか。

訓練は実戦さながらにおこなわれたが、実施に着手する際にも、横田三曹に特に異常行動などが認められなかったことは、現場で訓練状況をチェックする佐藤以外のべつの幹部も確認している。

特警隊をたばねる上長のことばには、たしかになんのまちがいもないといえる。

しかし、佐藤には自分がまだ基礎課程の学生のころから、SBUには実戦を意識するあまり、隊員個人に過大な負担や無用なプレッシャーをかける環境が、海自のどの隊よりも強くあるように思えてならなかった。

小隊長に任命された際には、正式にではなかったが、これについて一度部隊へ意見をあげたことがあった。

「あんた、格闘の訓練は？」

特警隊長は、佐藤の意見具申に対してそう切り返した。

「は？　すべて修了しましたが……」

「いや、そうじゃない。あの訓練で足りるかどうか、あんた個人の考えを訊いている」

「格闘教官からは陸警（海自陸上警備隊）、陸自のそれに匹敵するかそれ以上と聞きましたが、実際に受けてみて、私もそう思いました」

「そうか。じゃあ、あれが訓練ではなかったとしたら、ああした訓練を実施することをどう思うか」

「さあ、実戦の経験がありませんからはっきりとはわかりませんが、少なくとも基本的な部分については、実戦においても生かせると思われます」

「仮にだよ、実戦でナイフを持った敵と向きあった場合、その敵にドンと自分の胸か腹を刺されたとして、あんた、そのときにどうする？　それまでの訓練が役に立つかな、どうだ？」

隊長のいわんとするところはわかるが、佐藤にはそんな仮定の話をされても、そのときにならなければわからないとしか答えられなかった。

「それはなんとも……訓練では、実際にナイフで刺したり刺されたりということはありませんので」

「そうだ、そこだ。訓練では、敵との格闘、戦闘を想定はするが、あくまでも想定するだけで、実弾を食らうこともなければ、ナイフや銃剣で刺されるようなこともない」

「…………」

「いいか、格闘に際して自分が不覚にも先に敵から刺されたような場合、それに対してすばやく自分も相手に確実に致命傷を負わせることができるよう反応できるかどうか。実戦とは、そういうことじゃないのか。

たとえ訓練であっても、そのための訓練じゃなけりゃ意味をなさん。わかるか？　意識の問題だっ！」

「たしかに、やられ損では、それでおしまいというこうことになってしまいますが……」

「胸や腹を刺されてもまだ動きがとれるあいだに、自分が手にしたナイフなり箸《はし》なり、あるいは鉛筆、小枝などなんでも使ってだな、敵の心臓、側頭、目、首といった急所を確実に突いて息の根をとめる。武器がなけりゃ、自分の指を相手の目に突っ込めばいい。

そういった覚悟がないかぎり、どのような訓練をおこなっても意味はない。そうじゃないか」

「それについてはよくわかりますが、訓練しようにも、現実にはそこまでは無理かとも思われます。自身のことはともかく、部下に対して死ぬ覚悟での訓練を強制するようなことも、とうていありえないというか、あってはならないことですし」

「まあ、あんたのいうことは、そのとおりだろう。しかし、そういうことに耐えられる人間がうち（SBU）では求められるし、またそうでなければ、うちが存在する意味も価値もない」

「…………」

「他の部隊には困難とされる任務が課せられる以上、常識を超えた側面があることは否めないが、もしもあんたがそれに同意できないようなら、早いうちに隊を去ることだ」

それが海士や海曹ではなく、幹部でありながら過酷な訓練を修了した佐藤に対する特警隊長の「優しい」ことばだった。

このとき、この隊に常識は通用しないし、常識を超えた人間だけが集うようなところなのだと、佐藤ははっきりと覚った。

それでもそれから一年は、その常識外の隊の小隊長として職務をまっとうしたのだ。そして、ここ（佐地監）にいる。

たしかに、部下の死に対する償いで転属を願い出たとはいい切れない面もあるが、常識外の「特別な隊」で奉職するよりは、ふつうの自衛官として生きることを佐藤は望んだのだ。

ましてや、かつてのように戦う相手がはっきりとしていた冷戦期とは異なり、世界規模のテロが日常茶飯事のいまの時代には、ふつうの自衛官であっても、通常戦とは異なる特殊な事態に対処することが求められる。

——陸《りく》（陸自）が創設以来、レンジャー部隊を特別に置くことなく、レンジャー隊員を養成して全国の各隊に置いているように、海にも海のテロのことを知る隊員を各艦、いや各隊に数多く置くことが必要なはずだ。

だが佐藤のこの思いは、ここでも上には伝わらなかった。

「君がいた特警隊（SBU）ほどではないといえ、不審船対処の立検隊《たちけんたい》なら主要各艦には配置済みだろ？　基地警備の陸警隊にだって、数は少ないものの陸のレンジャー訓練を経験している者もいるよ。だいいち、彼らの仕事はむかしからゲリコマ

（ゲリラ・コマンド）対処じゃなかったっけ？

ほら、赤軍とか過激派相手の……弾薬庫やら港やらの奇襲にも、陸さんの出番前に即応できるようにってことで作られたって聞いてるけど。うち（海）でそれ以上、なにをやるっていうの」

ＳＢＵのとき同様、この高級幹部の弁にもまちがいはなかった。それでも、結局は佐藤が常々危惧していたように「事」を防ぐことはできなかったのである。

港内のどこかから発射されたと思われるＲＰＧ一発が、ＤＤＨ‐１８２「いせ」の艦橋アイランドの前部を穿《うが》ったのだ。

犯人がどこのだれなのか、自衛隊の警務隊および警察が協同して捜査にあったものの、事件後一週間を経ても、なおはっきりとした手掛かりは得られなかった。

しかし捜査当局は、犯人がおそらくは基地や造船所に出入りしている業者や従業員等に扮して、港内へと潜りこんだに違いないと見ていた。

だが、佐藤はそれには疑問を有していた。

――佐世保、横須賀、呉、いずれの軍港も、近年陸のゲートはシビアになっているが、どこの港であれ、海からは簡単に潜入できる。うち（海自）も水上警察も、警備艇を繰りだして定期的に港湾の内外を監視しているが、その対象は水上の船艇がおもで、海中までは目が届かない。そもそも警備艇に備えつけの魚探《ぎょたん》（魚群探知機）なみのソーナー（水中探信儀）じゃ、湾の海底の岩、巨大ゴミ、沈船、特殊潜航艇、ダイバー、魚等々の識別は相当に慣れた者でなければ無理だ。結局、ＳＢＵができることは、中国、朝鮮のコマンドにもできることになる。

犯人は、まちがいなく海から侵入して「いせ」を攻撃したのち、再び海から逃走したはずだ。

使用した武器や潜入器具等の痕跡すらも残していない。夜間の水路潜入を選択したあたり、SBU同様、かなり手慣れたプロに違いないと思うが……。

にもかかわらず、上は部外者ウケをねらって「自衛隊基地は監視が貧弱で侵入も簡単だから、工作員は武装ドローンなどを使って奇襲攻撃をかける」なんていうド素人の戯言《たわごと》には耳を傾けても、部署違いのレンジャー、SBU、特戦群といったプロの苦言には眉をひそめるだけだ。

いい加減、セクショナリズムまみれの役人根性から抜けだしたらどうなのか！

それでも佐藤三佐は、そうした私見を今度は上に伝えはしなかった。

反意からではない。外に対する事前の防止策が手ぬるい組織というのは、内から外への情報漏れも容易に起こりうるということを、SBU時代の座学で佐藤は学んでいた。

敵の手のうちをこちらが読めた、読んでいるということがその敵にわかれば、敵はこちらの分析能力を知るほか、新たな策を講ずることになるかもしれないのだ。

一佐、将クラスの高級幹部は、防秘の監視対象として部内でも適宜目をつけられているし、当人たちも防秘については徹底した教育を受けている。

敵の工作員やスパイに手玉にとられないための「対心理戦防護」といったことは、幹部ならだれでも早くに叩き込まれる。それでも過去に幾度も、自衛隊高級幹部による情報漏洩事件は起きていた。

元高級幹部が退官後に自称軍事評論家、軍事アナリストと称して、テレビや新聞、雑誌等で朝鮮の弾道ミサイルに関する私見を公にしても、なんのお咎《とが》めもない国である。

そうした高級幹部のなかでもエリートを養成す

る防衛大学校は、たしかに優秀な幹部自衛官の候補者らを多数輩出するものの、しかしそこでは、そうした候補者らを軍人ではなく、あくまでも「自衛官」たる善き公務員たれ、善き国民たれと「洗脳」する。

欧米軍の士官学校、士官候補生学校との決定的な違いもそこにある。

こうした国々においては、防大のごとくあえて洗脳に至らずとも「士官たる者は下士官兵と異なり、範たる国民でもなければならない」ことが当然とされている。

一言でいえば、軍人としてのプライド（名誉）の有無の違いといえるだろう。

要するに、自衛官といえども軍人とは異なる公務員たる自衛隊高級幹部に対して、欧米軍の軍人たる高級幹部のごとく、士官ゆえに国を売ることなどありえないといった軍人としてのプライドを求めることを非常に難しくしているのが、この国（日本）なのだ。

それどころか、むしろ高級幹部としてのプライドなどは捨てて、ひとえに個人の倫理観に依拠して公務に臨めよ、と。

しかし自衛官にかぎらず、人の倫理観などというものは容易に瓦解する。不安や苦しい状況に置かれたときには、なおさら倫理、道徳などよりも、実利に生きようとするのが人間の性《さが》でもある。そして、工作員やスパイはそれを利用する。

佐藤は高級幹部といわれるには、まだ二階級のぼる必要がある三佐であったが、敵、それを中国軍とするのなら、その真の脅威も彼には兵力の差うんぬんということ以上に、そうした点にあるように思われてならなかった。

しかしこのときの佐藤は、現在の自衛隊幹部の主流的な思考とはいささか相容れない自分のこうした考え方が、近い将来必要とされるようになるとは思っていなかったのである。

同夜

満載排水量一万九〇〇〇トン、ひゅうが型二番艦の「いせ」は最大一一機のヘリコプターを搭載できるが、この艦は決してヘリ空母ではない。「ひゅうが」や同型艦をしのぐ「いずも」にしてもそうだ。

防衛省や海自の上層部も、べつに「空母を保有しているのか」との批判を封じ込めるべく詭弁《きべん》を弄《ろう》しているわけではなく、「ひゅうが」「いせ」にしろ「いずも」にしろ、これらの艦は、ヘリを搭載することもできる多用途艦という位置づけにある。

それをあの英国の著名な海軍年鑑も「ヘリ空母」と分類しているのは、海自のこうした新世紀の新鋭艦が、それまでの艦種には当てはまらないということを認識できていないからにすぎない。

ましてや軍事のイロハを知らない日本のマスコミがヘリ空母と称したとしても、それは無知ゆえに当然のことといえる。

ただ、そうした世間の誤解や批判めいたことには関係なく、乗組員たちは新種の艦であるがゆえに求められるノウハウの取得に余念がなかった。

どのような艦であろうと、結局はそれを動かす人次第なのだ。

そうしたことも承知のうえで、二分隊船務科の神津《こうづ》二曹（二等海曹）は、実習乗組の海士三名を前に、そのなかの一人が、この艦はヘリ空母か否かと訊ねたことに対して、なかば面倒だなと思いながらもていねいに答えた。

面倒は面倒でも、上からは三名の世話役、兄貴役をおおせつかっているのである。

「まあ、実際のところ、この艦（いせ）はヘリ空母と呼ぶには、ことばのほうが古い、あっていないということになるだろうな。『いずも』もそうだが、本艦の機能は多岐にわたる。ヘリ空母というよりは、むしろ以前からアメリカさんなんかも力を入れている多目的揚陸艦てやつに近いだろう。

あちらさんふうにいやあ、NGSてことになるか。おい、わかるか？」

「NGS……自分は、訂正、私は趣味の範囲で知ってるだけですが、アメリカの強襲揚陸艦なら、たしかLHA、LHDだったと思いますが、Nは、ひょっとしてニホン、Gはジャイアント、Sはシップってことでしょうか」

三人の中で一番快活そうな若い海士が冗談っぽくそう答えると、神津二曹は、三人とも大卒と聞いていたが、おまえらその程度かといったふうにニヤリとしたあと、

「三分の一の正解。点数だと三三点、落第だ」

とそっけなく告げた。

すると、最初は遠慮がちだった別の海士が「ニュー・ジェネレーション・シップ、でしょうか」と、おそるおそる返してきた。

「おう、そっちは満点。おまえは今日は、もう居住区に帰って寝てていいぞ、てなわけにはいかんが、初日からあれこれ詰め込んでも、どうせ頭には入らんだろうからな……こっちも疲れるだけだ。

とにかくおまえら、ここ（いせ）は半年間だけなんだから、一日でも一時間でも早くこの艦に慣れることだな。

このなんでも屋の艦《ふね》で半年も寝起きすりゃあ、たいていどこの艦でもやっていけるはずだ。実習とはいえ、それなりに忙しいかもしれんが、まあ、

それをネガティブにとらえず、むしろラッキーだと思って乗りきれ。いいな」

船務科は艦のシステムやその関連機器を担い、現代艦においては、いわば艦の中枢に位置することになる。いかに高性能な砲やミサイル、魚雷を備えていても、船務科が機能しない艦は、およそ軍艦としての意味をなさない。

それだけに素養の高い乗組員が配置されることになるが、まもなく三〇歳を迎える神津二曹は、高卒ながら大卒の実習員の上に立って、今回はじめて「教育係」を任されることになった。

「電測にしろ電整にしろ、戦闘の際は砲雷科と違って直接武器等々の操作にあたることはない。しかしだな、俺たちがあつかう一秒、二秒の情報の遅れが、艦全体を危険にさらすことになる。実習だからといってチンタラやってると、あちこちから檄《げき》が飛ぶことになるぞ。

各部署でいわれて覚える前に、とにかく、よく目で見て耳で聞いて覚えるんだ。いいな、理屈や質問はそのあとだ。なにをどうやればいいのか、まず頭、体に叩き込め！」

大卒隊員はなにかと理屈が多い。作業や手順を覚えるのも、その動機や理由が自分のなかで明確にならないと覚えようとしない。ただの先入観といえばそうかもしれないが、過去の経験からも、そういう思いが神津二曹にはあった。

課業終了後も、夕食を経てなお続けざるをえなかった初日の実習をようやく終わらせて、神津が三人を居住区へ帰そうとしているときだった。

前甲板右舷側に位置する艦橋の前部にいた彼らは、そのときいったいなにが起きたのかわからなかった。

いや、ベテランの神津でさえ艦内で爆発が起きたのだとは思いもしなかったのである。

だがそれはたしかに起きて、漂う白煙のなか、近くいたはずの実習員が数メートル離れてひっくり返っているのがわかった。

「火災、火災っ！」

頭がふらつき耳鳴りがするが、艦内に怒声が響いているのがわかる。なにが爆発したのか神津にはわからなかったが、数箇所で小さな火が起きているのも見てとれた。

神津は自分の身の危険を感じながらも、顔にひどい火傷を負い、意識のない実習員一人を、ひきずるようにしてその場から助けようとした。

自分も足を負傷しているのに気づいたのは、彼をべつな隊員と区画から担ぎだしたあとのことだった。

この夜、配属されたばかりの実習員一名を含む乗組員二名が死亡し、神津二曹ほか五名が大小のケガを負った。

そして、足や頭への損傷から一時的に意識を失った彼は、海自の病院に収容された翌日もその翌日も、それが事故だったのかテロだったのかを知ることはできなかった。

だが、この艦が襲撃されたのには、たしかな理由があった。

二〇一九年六月
大正島の南　DDH‐182護衛艦「いせ」

中国海軍の蠢動《しゅんどう》に対処すべく、海自は「鎮西作戦」にもとづいて、尖閣諸島方面にも複数の艦を配置していた。

このとき、大正島周辺海域で敵艦敵潜の警戒にあたっていた「いせ」は、自艦のみならず僚艦の防空も可能とするDD‐115「あきづき」とともにあった。

「本艦は目下、敵潜水艦の脅威大なる海域にある。各部、対空および対潜警戒を厳となせ」

その日、哨戒長を務める砲雷長の三佐が艦長の許可を得て、艦内放送を通じクルーへとそう達した直後のことだった。

「目標探知、二九〇《ふたひゃくきゅうじゅう》度、目標は敵航空機と思われる。本艦へ向けてまっすぐに突っ込んでくる」

同じCIC（戦闘情報センター）内の電測員（レーダー員）の二曹が告げてきた。

これを受けて哨戒長がすかさず、

「艦長、対空戦闘おこないます」

というと艦長は、

「はい、おこなえ」

と命じた。そして、「いせ」が対空戦闘に入るとすぐに、今度は通信担当の三曹が発した。

「目標の敵航空機に対し『あきづき』が先行し、対処するとのことです」

「了解」

哨戒長が応じると、数秒と経ずに今度は水測員（ソーナー員）の三曹が、やや厳しい口調でいい放った。

「ソーナー探知、三一〇度。感二《かんふた》、感三あがる。目標、潜水艦らしいっ！」

艦種の確定にまでは至らないが、しかしほぼまちがいなく中国の潜水艦が、同じ海域に潜んでいるのだ。

敵機は近くの僚艦「あきづき」に任せるとしても、対潜戦は避けられそうにないと判断した哨戒長は、自艦および艦載の哨戒ヘリで対処することを、艦長にリコメンド（提言）した。

「艦長、航空機、待機させます」

「うむ」

「航空機、待機せよ。準備でき次第発艦せよ」

哨戒長のことばは、そばにいる当直員の復唱により マイクを通じて艦内スピーカーに流され、全クルーへと伝えられる。

それを受けて、待機室で待機していた哨戒ヘリのパイロットらは、空自戦闘機のスクランブルよろしく、みながすぐにヘリへと駆けるのだ。

むろん、それとはべつに艦のほうでもASW、すなわち対潜水艦戦の準備に入る。

哨戒長は、さらに艦長に対して短魚雷による攻撃ではなく、VLAをリコメンドした。

「艦長、VLA攻撃をおこないます」

「了解、実施せよ」

「はい、VLA攻撃始め」

哨戒長の命下（命令下達）に各担当の海曹、幹部が次々にその手順に入ったことを告げてくる。

「射線方向、クリア」

「VLA発射始め、よし」

「VLA用意」

「VLA用意、よし」

「よーい、てーっ（撃て）！」

「てーっ！」

次の瞬間、バンッ、ズーンと艦をやや震わすような音をたててVLAが発射された。

艦橋で操艦にあたる航海長らが見守るなか、それは白い航跡を曳きながら空高く舞いあがった。

「アスロック、アウェー（飛翔中）」

VLAを追尾する二曹が告げると、それから一分と経ずに、先行して「いせ」の五、六キロメートル北の空にあった哨戒ヘリから報告が入った。

「ディス、イズ、ブラックヘッド（こちらヘリ）、VLA、いま弾着した」

短魚雷は艦の魚雷発射管から射出され、海中でしばらく螺旋《らせん》航走しながら、弾頭部のソーナーにより目標を自律的に捜索して捉える。

一方、ＶＬＡはVertical Launched ASROC（垂直発射アスロック）の略で、先端が短魚雷となっているロケット弾（アスロック）を、艦内の箱状の弾庫に一基ずつ垂直に収め、甲板に顔をのぞかせる発射口の扉を開けて逐次発射する。

ロケット弾によって空中を飛び、敵潜水艦が潜むと思われる海域に達した自動追尾が可能な短魚雷は、そこで切り離されて海へと没し、そのまま海中を馳走《しそう》して目標の潜水艦を撃沈する。

そのため敵潜を遠距離で捕捉した場合には、自艦から誘導魚雷を放つよりも、より短時間で攻撃できる。

水雷長の一尉が、ここぞ自分の出番といわんばかりに、

「攻撃効果を確認せよ」

とヘリに返す。ヘリからは数秒ほど返事がなかったが、やがて、

「……弾着地点に大量の油と浮遊物を認める」

と告げてきた。

ＣＩＣの水測員も、敵潜が撃沈されたもようであると報告してきた。

「目標方向に爆発音。目標、航走音なし。目標は消滅したものと思われる」

「艦長、敵潜水艦は消滅、撃沈されたものと思われます」

「うむ、了解」

この日「あきづき」と「いせ」は、それぞれの艦の特徴を生かして連携し、中国軍の敵機と潜水艦、どちらの阻止にも成功したのである。

そして、沖縄からでさえ遠く離れた南の島のみならず、日本本土に近い竹島沖でも中国の潜水艦は捕捉され、やはり海自艦と哨戒機によって撃沈されることになった。

しかし、それに対して中国側がどういう報復措

置に出るのかまでは、見事に任務を果たした二艦のクルーたちにもわからなかった。

同二〇一九年秋
京都　防衛省情報本部近畿通信局

京都の市内中心部から離れた山科《やましな》の五階建て雑居ビル、入り口にあるフロア案内には「3F　防衛商会近畿支所」と記されている。

中には大小の部屋が一つずつあり、大きいほうはさらに三つのブースに仕切られていて、外からの訪問客が入っても、部屋全体の様子がすぐにはわからないようになっていた。

そもそもドアには常に内側から鍵がかけられ、「御用の方はインターホンのボタンを押してください」と記されていたが、そうした客が訪れることは、めったになかった。

おそらく、そこに巣くう人間の正確な数を知る者も、部外者の中にはほとんどいないはずである。「民」の中にまぎれても違和感がない程度に髪を短くしたスーツ姿の男は、入室した小部屋のドアを閉めて軽く一礼してから、あと二、三年で定年を迎える上司を前にして少しためらったのち、こう告げた。

「所長、『事故』です」

「なんだ！　事故って」

予想どおりいくらか不機嫌そうな顔をして、間髪をいれず訊いてくる所長に、銀縁のメガネをかけた三〇代なかばの部下は、メガネのつるに片方の手をやりながら答えた。

「はい、わが社の社員一名が、どうもマルケイのごやっかいに」

「マルケイ？　どこの？　いったい、なにやらかしたんだ」

マルケイとは彼らがふだん使っている隠語の一つで、警察を意味する。

眉間にしわを寄せて上司が訊いているのは、おそらくどこの都道府県の警察かということのはずだが、銀縁メガネの男は兵庫県警というべきか、それとも警察庁というべきか迷った。

「それが今朝、警察庁の警備局から釈放されたのち、目下は警務隊の事情聴取を受けているようで、たったいま本社のほうから、そう連絡がありました」

警務隊は、自衛隊内の犯罪を取り締まる司法警察組織である。

「なんだか、またやっかいなことを……で？　本社は、うち（支所）になんかいってきてるのか」

「はい。マルケイのほうでマルタイ（容疑や捜査の対象者）と目されたその社員ですが、逮捕されたのか、ただ身柄を拘束されたのかは、本社からの連絡では不明ですが、最初に兵庫県警に押さえられた現場というのがですねえ、兵庫県の相野町《あいの》だったようです」

所長は部下のそのことばに敏感に反応すると、

「相野町って、あのいまテレビや新聞でさんざんやってるあれか？　連続放火殺人だろ？　もう五日も六日も経つというのに、たしか犯人は、まだ捕まってないんじゃないのか」

そこで所長は一度絶句すると、はっとして銀縁メガネの部下をまじまじと見つめたあと、つけたした。

「おい、まさか、そのわが社の社員が犯人てわけじゃなかろうな。たのむでえ」

感情を表に出すと、ことばに関西弁をにじませるのが、この上司の特徴の一つであったが、それをよく知る銀縁メガネのほうは、なんら動揺することなくすぐに応じた。

「いえ、マルケイでつごう三日間ほど拘束されたようですが、釈放されているところからみても、犯人はべつにいるのではないかと思われます。

まもなく警務隊の事情聴取も解かれるようですが、警務隊や本社のほうでも、犯人ではないものとしてあつかうとのことです」

「おう、そうか。いや、びっくりするわなあ、中国とごたごたしているうえに、軍にするのかせえへんのかというてるこの時期に、自衛官連続放火殺人なんてことにでもなったら、たいへんやからなあ。

へたすりゃ、統幕長やら大臣やらの首が飛ぶだけではすまんようになるわ。で？　だったらなんで本社がうちに？」

「はい、その社員ですが、実は相野町で例の、その殺人事件が発生した当日、たまたまガイシャ（被害者）の一人の監視業務にあたっていたようです。

事件直後、現場から離脱するかどうか、おそらく中央に聞いたものと思われますが、中央からは、その者に対し継続監視の指示が出されていたとのことです」

「ああ、そういうことか。なるほど……。で、その中央ってのは中央情報隊か？　陸幕《りくばく》（陸上幕僚監部）？　統幕《とうばく》（統合幕僚監部）？」

銀縁メガネが手にしたメモに視線を落とし「ＭＩＣ、中央情報隊です」と告げた。

「要するに、そのＭＩＣの尻拭いってわけだな。で？　監視の中身については、なんかいってきてるのか」

「いえ、防秘案件らしく、それは」

「まあ、同じ社でも部署が違えば、あっちはあっち、こっちはこっちだから、いえんこともそりゃあるやろうけど、中身も教えず、こっちになにをやれというのやら」

問いとも独りごとともつかぬ所長の弁に、銀縁メガネは二、三秒おいてから私見を述べた。

「幕《ばく》（陸幕、統幕など）や本社のほうでは、MICが相野の件にこれ以上かかわるのはよろしくないということで、うちのほうへとふられてきた、ということかと思われます。うちだとマルケイにもコネがありますし」

「まあ、そんなところだろうな。で？」

「はい、上（本社）からの指示は『相野町および周辺地域における対テロ関連の情報収集』ということになっております」

「テロ？（相野町の連続殺人は）テロなのか？そうかなあ、そうは思えんし、だって現地にはまだマルケイもべったりと張りついてるやろ。そんな状況で、うちにいったいなにができる」

「MICがなんの目的で監視していたのかはわかりませんが、ただ、本社からの連絡によれば、監視の対象は、つまり事件の被害者でもあるわけですが、元左翼の過激派だったようです」

「過激派？　しかしだな、殺されたのは全員村のお年寄りばかりだろ？　報道だって、近所同士のいさかいとか怨恨じゃないかといってるよ。まあ、むかしは元気だったかしらんけど、そんな田舎で余生を送っているだけの老人をやな、いまさらなんでわが社が……」

所長がそこまでいいかけたときだった。

内側から開錠しなければ開くはずのないドアが開いたことを示すランプが、所長室にある監視パネルの上で静かに点灯した。

外来者が訪れた場合、通常はインターホンを通じてフロアにいる「社員」の一人が応対し、要件を聞いたうえで所長にそのことを伝え、所長が開錠を許可しないかぎり、ドアが開かれることはないはずなのだ。

異変を察した所長と部下の銀縁メガネは、わずかのあいだ顔を見あわせて、日頃の訓練どおりに即座に行動したものの、間にあわなかった。

二人とも、それまで外の演習でも経験したことのないほどの轟音と衝撃波にみまわれ、床に突っ伏すというよりも、壁ごと吹き飛ばされて床に叩きつけられた。

ただ、その二人を含めて中にいた社員の多くが、それが都市ガスや火災などによる爆発事故ではなく、あきらかに「武器たる爆発物」を使った意図的な破壊行為であることを、瞬時に判断しえたにちがいなかった。

防衛省の外郭団体か民間の防衛関連企業を思わせるこの「防衛商会近畿支所」の素顔を知る者は、一般にはもちろん、自衛隊内にもほとんどいない。

むろん、この組織がそういうふうに偽装、秘匿されるのには、はっきりとした理由があった。

——防衛情報本部近畿通信局。

これが防衛商会近畿支所の本当の顔だが、この近畿通信局というのも偽装の一種で、実際には東京にある防衛省防衛情報本部のバックアップ機関なのだ。

こうした幾重もの偽装は、たんに他国スパイの目をごまかすためだけでなく、ときに彼らみずからが素性を隠して外部との接触を試み、必要な情報を収集する場合があることを意味していた。

有事や首都地震といった状況下、ときに部内では本社の隠語で呼ばれる防衛情報本部が機能不全と化した場合、この近畿通信局が予備的に機能するのである。

とはいえその機能とは、本社があつかうデータやデータベースに、関西の支所においてもアクセスできるというもので、ここ（近畿通信局）は、いわば端末基地にすぎない。

社員の多くもデータベースの管理やシステムの監査、ファイリングなどをおこなうオペレーターか、そうでなければ自衛隊の各基地や施設とを結ぶ連絡員であった。

ただ、その中にはヒューミント、すなわち人的情報収集の訓練を受けた者もいた。

本社からの指示があれば現場へと向かい、マルケイの刑事やＭＩＣの調査隊員のように、聞き込みや写真、ビデオ撮影などによる現地調査を実施することもある。

だが、実際にはほとんどが内勤業務で、本社からそうした指示がくるようなことは滅多になかった。

それでも、万一の際にはその場所で日本の高度な防衛秘密、すなわち軍事機密に直接アクセスできるのだから、外部の人間や敵性人物、敵性組織などに、そうした事実が知られるようなことは、絶対にあってはならない。表向きの顔と実際の顔とを、徹底して使い分ける必要があった。

だから、防衛商会の内部で「わが社」という場合には、それは本社と同じ意味を持つ防衛情報本部のことだけでなく、ときに自衛隊全体のことをさし、また「社員」にしても、それは情報本部関係の人間だけとはかぎらず、たんに自衛官の隠語として使われることもある。

防衛情報本部と直接つながっており、対外的に秘に徹していたはずのその組織が、ふいの奇襲を受けたのである。

しかも、犯人は施錠されたドアを外から静かに開け、室内全体に被害を及ぼす程度の爆発物を投じ、それを瞬時に爆発させているにもかかわらず、自身は被害を受けないようにして逃走している。

自衛官であっても、そういうことができるのは、特にその種の専門的な訓練を受けた者だけだ。

――犯行、いや「攻撃」の理由は定かでないとはいえ、過激派や自爆覚悟のテロリストなどではなく、犯人たる敵が相当に高度な戦技を身につけていることだけはまちがいない。

可能性は低いものの身内の犯行ということも否定できず、警察や自衛隊の内部犯罪を取り締まる警務隊は、自衛隊の内外両方の線から捜査を進めることになった。

被害は室内の破壊だけにとどまらなかった。死者二名、重傷者二名、加療を要する軽傷者五名で、支所勤務の社員のうち被害にあわなかったのは、その日たまたま休務（休日）だった一名と、公務のため大阪の合同庁舎に出向いていた一名だけだった。

銀縁メガネの一等陸尉（一尉）は、偶然なのかあるいはとっさの行動だったのか、定年近い所長が彼の上に覆いかぶさったことで、後頭部の浅い裂傷だけで事なきをえた。

だが、所長の背中と首は鋭いいくつかの金属片で穿たれ、原型がかわからないくらい焼かれて、一尉が声をかけたときは、すでに絶命していたのである。

――今度ばかりは、警察だけに任せておけない。

自衛隊の上層部は、そうした張りつめた空気で満たされた。

第2章 サブバージョン／転覆工作

二〇一九年春
中国共産党敵地浸透工作部研修所

内にもその真相が明かされることのない、この中国共産党敵地浸透工作部には、対外連絡部でも中央宣伝部でもなく「対外広報部」との表看板が掲げてある。

そこでは日本や朝鮮、韓国、台湾その他の国々に公然非公然で入った政治・思想工作員との連絡や支援のほか、そうした工作員の教育もおこなわれている。

美国（米国）でいう「スリーパーエージェント」「スリーパーセル」は、潜伏先の治安当局から目をつけられることなく、長らくその国の街や民に溶け込み活動する。

そう、工作員といっても、ここの工作員は敵地で直接テロやゲリラ、破壊活動をおこなう特殊部隊員やスパイとは違っていた。

むろん、そうした連中を支援したり連携したりして、事を運ぶようなこともある。それでも彼らは、平時より浸透してその国の政治家や実業家、学者、運動家らに接近し、情報を収集するにとどまらない。

時間をかけて親交を深め、ときに資金の提供や公私にわたる支援をおこない、ターゲットを政治的にあるいは思想的に取り込んでいくのだ。

たとえば日本での活動なら、中国人実業家による土地買収への関与、中国資本の投下を前提とした地方における経済交流の下地作り、大学等での中華思想の普及等々と多岐にわたる。

それだけではない。ここでは党の意向を踏まえ、将来日本の一部あるいは全部を領有化するときに備え、日本国内に武装あるいは非武装のシンパ組織を作ることも目的とされていた。

むろん博士号を有する李《リ》教官と、北京の大学院を出てまもない白《パク》訓練生の二人も、そうした関係にあった。

「戦いの上策は、戦わずして勝つことにあるというが、それには戦う相手にこちらの企図を知られないことが大事だ。君は二〇世紀の黒溝台《こっこうだい》の戦いを知っているか」

「黒溝台？　いえ、近世以降の自国の戦史についてもひととおり学びましたが、わが国がそうした戦いに臨んだとの記憶は……」

「まあ、文化大革命どころか三人体制の時代にも生まれていない君が知るはずもないとは思うが、二〇世紀の初頭、小国日本が大国のロシアに、といってもソ連時代以前の帝政ロシアだが、無謀にも戦いを挑んだことがある」

「ああ、リーロウヂャンヂャオ（日露戦争）ならわかります」

「そう、それだ。一九〇五年の初めに旅順を落とした日軍（日本軍）は、黒溝台に五万の軍を置き、南下してくるロシア軍（ロ軍）を邀撃《ようげき》せんとしたが、当初は酷寒の時期にロ軍が大挙して攻めてくるとは考えておらず、騎兵を中心とした薄い布陣しか敷いていなかった」

「攻略を図るロシアの軍勢は、当然、日軍をしのぐものだったのでしょうね」

「ロ軍総兵力一〇万五〇〇〇のうち、右翼の三個軍団が日軍の左翼を強襲し、その猛攻に日軍黒溝台守備隊は陣地放棄を余儀なくされ、反対にロ軍の陣地が築かれることになる」

「日軍は援軍を投じなかったのですか」

「日軍総司令部は、すぐに四個師団を急派して対処したよ。そして、数日のうちに黒溝台を奪還することにも成功したんだ。だが日軍はこの戦いで、自軍九〇〇〇人にも及ぶ無用な損害を出すことになった」

「ロシア側の損害は?」

「ロ軍の損害はもっと多く、一万二〇〇〇人に及んでいる」

「それなら、やはり日軍の勝利といえるはずですが、なにが問題なのでしょうか」

「そこだよ、重要な点は。勝敗だけでいえば、たしかに君がいうとおり日軍が勝利したといえるわけだが、実際には、この戦いで日軍総司令部は最初から判断を大きく誤っていたんだ」

「しかし、司令部の作戦計画や判断におかしな点があれば、日軍が勝つということはなかったのではないかと思いますが」

「いや、日軍の総司令部がこのとき、三つもの大きな判断ミスをしたことが今日わかっている。勝てたのは時運に恵まれたか、最初の守備隊がよくがんばったからだろうね。そうでなければ奇跡というほかない」

「なぜですか」

「まず、日軍が十分な情報収集に至ることもなく、ロ軍が厳冬期に攻めてくることはないと判断したこと。次に、現地部隊の窮状を知りながら小出しで増援を送ったことだ」

「日軍が判断を誤ったと?」

「それだけじゃない。ロ軍の戦法に疎《うと》かった参謀らが、黒溝台を奪取したロ軍がそのまま進撃してくるものと思い込み、それを阻止しようと援軍を手当たり次第に口軍へとぶつけたことで、いたずらに自軍の損害を増やすことになったわけだ」

「なるほど。もし日軍総司令部が口軍の南下に備えて情報収集を怠らず、最初から十分な兵力をもって強固な防御陣地を築いてさえいれば、容易に敵を撃退できたにもかかわらず、そうしなかった。少なくとも、九〇〇〇名もの犠牲者を出さずにすんだ。そういうことですね」

「そのとおり。考えてもみたまえ。五万の兵の九〇〇〇の損失と、一〇万の兵の一万二〇〇〇の損失とでは、どちらが大きいかね。

損害率だけでいえば、口軍の一一パーセント、およそ一割に対して、日軍は二割近くにもなる一八パーセントだ」

「たしかに、そうなりますね」

「結局、日軍は口軍を撃退し、戦略的要衝の確保には成功したが、その裏には大きな兵力損失があったということだ。これは上策にはほど遠い、むしろ下策というほかない。

戦史を見るときには、ただ表面の勝ち負けだけでなく、このように彼我の戦略や戦い方の善し悪しまでも見ていく必要がある」

「つまり教官は、このことが現代の日本、日本人にも当てはまると。そう、お考えなのでしょうか」

「日本人は実に勤勉で学習能力が高く、新しいものへの興味や関心、取り組み方も、我が中国を含めてアジアのどの国の民よりも先んじているといえるだろう。

だが彼らには一つだけ、それも国をなすうえでは致命的ともいえる大きな欠点がある。それも、はるかむかしから現代に至るもなお」

「…………」

「あるいは極論とも思えるかもしれないが、これは人としては、決してあってはならないことでもある」

「わかりません」

「教訓だよ。彼らは、なぜか過去の教訓から多くを学ぼうとしない。それは歴史や記録のことではなく、人としての心の問題とでもいうべきものだ」

「教官のおっしゃることが、よくわからないのですが」

「日本人は、自分の失敗やあやまちを恥とするが、そうであるがゆえに失敗から学ぶことをしない。たしかに失敗の原因を探り、改善や改良に努めることは他国の民と同じだが、実は彼らはそうすることで過去の恥を清算しているにすぎない」

「清算?」

「つまり、彼らにはただ胸の痛みを知るだけの教訓などというのは面倒なもので、不要なものにすぎず、なんの役にも立たない。それよりもなにかを学び、新しくすることのほうが大事なのだ」

「なるほど。だから過去の侵略戦争も友好条約以降はすでに清算済みであり、新しい日中関係を築いていくべきとの主張をただ繰り返す。そういうことですね」

「しかも、自分たち以外の人間も基本的に同じ考えを有するはずだと、もはや無邪気ともいえるほどの能天気さで信じている」

「そうか、現代のドイツ人があれほどユダヤ人に対して誠意を向けているのに、なぜ日本人が朝鮮人や中国人にはそうしないのかが、それでよくわかります」

「日本人は過去の朝鮮、中国への侵略を十分に自分たちの恥とは認めるものの、しかしそれは戦後の条約や謝罪や経済援助によってすでに清算されていて、当時の戦争犯罪や新たな賠償の可能性といったことをあらためて持ちだすようなことには耐えられないのだ。

なぜなら、それは彼らの恥を呼び覚ますことにほかならないからね」

「ですが、戦争にかぎらず、大きな被害を受けた側というのは生きているかぎり、過去のその記憶にさいなまれることになります。たとえ加害者が刑事罰を受けて民事賠償に至っても、その傷が消えるようなことはないのですから。

それを加害者の視点で、あれは悪かった。許してくれ。すでに償いもしたのだから新たな関係を築こうといわれても、単純に、はい、そうですかというわけにはいきません」

「君は、いま日本に一〇〇歳を超える高齢者が何人いるか知っているかね」

李教官のその問いに、訓練生は少し考えてから数字をあげた。

「せいぜい一万人くらいでしょうか」

「実は、六万人とも七万人ともいわれているが、この数字は我が国にも当てはまるようだ。単純に軍の兵力に換算すれば、四個ないし五個師団相当となる。まあ、男女比でいえば、女のほうが多いに違いないが」

「そんなに？　ですが、いくら健康でもそんな高齢者では戦力にならないでしょう。そもそも一〇〇歳を超えて、そんなに健康な高齢者がいるとも思えません。肉体の衰えも隠せませんし」

「いまはそうでも、彼ら彼女らが八〇年前には青年であったことは疑いようがない。そして、おそらくそのなかには、朝鮮や中国へと送られた元兵士もいるだろう。その数がいまや数百人、数千人ほどであるとしてもね」

「要するに、中日ともにいまだかつての侵略戦争の体験者がいるということですね」

「そのとおり。高齢とはいえ、まだ多くの被害者が我が国にもいる。そして一方のかの国には、同じように高齢とはいえ、まだ多くの加害者が存命中だ。

　にもかかわらず、日本人は、あの侵略戦争をただ単に過去のこと、歴史の一ページとして書き換えようとしている。こういうことは、人としても国としても、およそ許されないことだと私は思う」

「はい。その点については、私もそう思います」

「多くの中国人が、いや多くの国の民が、そう思うに違いない。同じ過去のことでも、すでに当時のことを知る者がだれもいない彼らがいう元寇とはわけが違う。

　少なくとも双方の当事者が存命中のあいだは、君がいうドイツのように、日本も朝鮮、中国その他のアジアの国々に誠意を示し続けてしかるべきだ」

「今日《こんにち》の釣魚島（魚釣島の中国名）周辺の問題も、それと無縁ではないと、教官はそうお考えなのでしょうか」

「もちろん、無縁ではありえない。本来なら講和条約に際して、日本は釣魚島どころか沖縄を我が国の手に委ねることになったとしても、なにかいえる立場にはなかったのだからね。

　実際には、その当時すでに東西冷戦を予期していた美国が、自分たちの出城とすべく沖縄を手中にしたわけだが。

　いや、美国の出方によっては、日本の九州が我が領土とされるようなことになっていたとしてもだね、おかしくはなかったのだよ」

「まさか！　ただの空論かと思っていましたが、戦後、ほんとうに日本が連合国によって分割統治されることもありえたとは……驚きです」

「美国主導であったとはいえ、連合国は日本から無条件降伏を取りえていたにもかかわらず、日本人が固執する天皇制の存続を認めただけでなく、日本本土にかぎるとはいえ、その領土の存続さえも認めたのだ」

「およそ四年間は占領下にあったとはいえ、その後は日本国の独立と再びすべて日本人による政治、統治が許されることになった」

「だが、それに対して日本の新たな指導者らはどうであったかといえば、ひたすらあの戦争を過去のごとくにあつかい、自分たちのいったいなにが侵略戦争へと追いやったのかについて、それを反省し、真摯《しんし》に向かい合おうとはしなかったのだ。

それどころか、いまだにあの靖国神社とやらに参拝する政治家がいるのだからね」

「教訓を得ていないと」

「そうだ。おかしいとは思わないかね？　無条件降伏したはずの国が、勝者たるどこの国にも隷属することなく生かされ、その民も質素な暮らしに身を置くどころか、欲深く肥え太った金持ちのごとく、軍は懲りたといわんばかりに、次は商売でアジア各国を侵食して飽くなき金儲けに奔《はし》ったのだ」

「しかし、日本はその経済成長期に我が国に対して、相当なＯＤＡ（国際協力）を供出していますよね」

訓練生の反問に教官は、それは違うと首を横にふってみせた。

「それこそ投資だよ、日本にとってあれは」

「投資？」

「今日の我が国の市場経済に期待した日本の先行投資にすぎないということだ」

「…………」

「あれはね、我が国に対する経済支援などではなかったということだよ。一九七八年の第一一期三中全会について、君も学んだことがあるだろう」

教官のいうのが、当時の共産党第一一期中央委員会第三回全体会議であることは、すでに自国の近現代史を叩き込まれていた訓練生にもすぐにわかった。

このときはじめて、鄧小平《ドンシャオピン》（とうしょうへい）がいまにつながる改革・開放を内外に公にした。まさに現代中国への転機を迎えた歴史的瞬間であった。

「鄧先生の偉大さが、あらためてわかります」

「うむ。当時の話となるが、将来我が国が経済開放すれば、この民《たみ》一〇億の市場に日本も浴することになる。協力というと聞こえはいいが、実際には『鄧小平理論』を利用して、二〇年先、三〇年先の将来を見据えた投資を、彼らはもくろんだにすぎない」

李教官は、まさしくその鄧小平理論研究の第一人者でもあった。だが、経済学者のはずの李がこの「浸透工作部」に属するのは、学者とは大きく異なる別の顔を持つからでもあった。

彼は、もはや反日カルトともいえるほどの徹底した反日、排日主義者の一人だったのである。

それはたんに李が幼いころから、日本人が祖父に対して非道なあつかいをしたあげく惨殺したということを、祖母の口からいつも聞かされていたからだけではなかった。

李自身が、かつて戦後の日本人の手によって、自死さえ考えるほど苦しめられたという経験を有していたのである。

だが李は、これまでそのことを他人に対して一度たりとも告げたことはなかった。

しかも李の不気味さは、当の日本人に対してさえ、自分の奥底に秘められたその憎悪を、ふだんは決して表に出さないところにあった。

それどころか、実は憎しみの対象でしかないその日本人と、そうしたことは顔に微塵も出さず、楽しげに食事をしたり、ゆったりと意見を交わしたりできるのである。

日本人のなかには、彼のことを心底信頼できる中国の友人の一人と語る者さえいるほどだ。

実際、李は白訓練生に対しても、そうしたことが平然とできる工作員になることを望んでいた。

「いいかな、白訓練生。教訓を得ようとしない日本人に必要なのは、こちらがそれを教えてやるようなことではない。そんなことをしても意味はない。そうではなく、我々中国人がかつて彼らからこうむった災難を今度はこちらから、彼らに与えてやればよいのだ。わかるね」

「先生、それはつまり……」

「この先、日本を我が国が領有する、占領する。そういうことだ。それによってのみ、日本人は過去からの教訓を得て、真に我々を理解しようと努めることだろう。

それ以外には、彼らとのほんとうの和解も信頼関係もありえない。日中の互恵関係などというものは、それこそ『画餅《がへい》』（絵に描いた餅）にすぎんのだ」

そうきっぱり言いきったときの快楽を帯びたような李の表情に、白訓練生は気色悪さというよりも恐ろしささえ感じるほどだったが、ただ静かにうなずくほかなかった。

末端は職業訓練生から留学生、上は日本国籍を取得した上級の公務員や実業家、大学教員まで、様々な役割を持つ中国人工作員が、日本にはすでに数百人、いや数千人、数万人が浸透しているといわれている。

日本に支店や拠点を持つ中国系の商社や旅行会社にも、社員であると同時に工作員として活動している者たちが、それこそ数えきれないほど存在する。

また、彼らの一部はその資金力によって、テロやゲリラを展開する、いわば別働隊を支援する役目も負っていた。すなわち、武器売買や工作資金の提供、さらには彼らの活動拠点やアジトの設置に際しての用地の取得、活動資金の提供等である。

「日本占領」という教官の弁を、白は妄想と一蹴するようなことはできなかった。

「ところで、研修所出身者にとって、日本への軍事行動を目的として潜入した人民解放軍の隊員や情報機関の工作員に対する支援も重要な任務の一つであることは、君もすでに理解していると思うが、近年軍が力を入れているのは、潜水艦によって日本の島嶼《とうしょ》部へ少数の隊員を極秘裏に送り込むといったことだ」

「島へ、ですか?」

「そうだ。無人島などに潜んで自活しつつ、国や党からの命令を得て行動を起こす。仮に日本側にそうした事実が発覚しても、そこここの島に敵が潜んでいるかもしれないという恐怖、脅威を与えることが可能となる。攪乱《かくらん》だよ、要するに」

「ですが、日本海軍の力はかなりのものといわれているのに、そういうことが簡単にできるものでしょうか」

「できる、できないじゃなく、すでに始まっているということだ。だから近い将来、君も日本に派遣されたら、釣り船やプレジャーボート等々で、彼らとの接触を図ったり、あるいは救出したりといったことも十分にありえるということだな。

君がみずから破壊活動に直接手を染めるようなことはないにしても、インテリジェンスだけでは任務を果たすことはできない、そうした覚悟をいまのうちから持っていてもらいたい」

「わかりました」

白訓練生はそれだけいうと、静かにうなずいた。

二〇一九年六月
竹島沖　海自P‐1哨戒機

突然の中国軍の侵攻に即応すべく、日本海の竹島沖へと先行したDD‐151「あさぎり」を、レーダーのみならず視認をしたP‐1のクルーたちは、すぐに敵潜の捜索に入った。

「これより敵潜水艦の捜索をおこなう」

機長ではなく、タコーあるいはタコとも呼ばれるTACCO（tactical coordinator）、すなわち「戦術航空士」の三佐が他のクルーにそう発すると、すぐに四人のMC（ミッション・クルー）のうちの一人が、

「レーダー、コンタクト。潜水艦らしい」

と告げてきた。

おそらく、海面にわずかに突き出た潜水艦の潜望鏡を機上のレーダーが拾ったのだ。

これを受けて三佐は、すぐにソーナー（水中探信儀）による捜索へと移った。

哨戒機には直径約一二センチメートル、長さ約九〇センチメートルの円筒形のソーナーが積み込まれており、これらはソノブイと呼ばれる。一基あたり一〇万円前後の、いわば使い捨ての高性能マイクである。

古くに米国で開発された前機種のP‐3Cと同様に、この国産最新鋭のP‐1にもアクティブとパッシブの二種類のソノブイが積まれている。これらを所定のパターンで海に投下することで、海中に姿を隠す敵潜水艦を捜索する。

アクティブは、人の耳には「カーン」とも「ピーン」とも聞こえるパルス音（ピン、ピンガー）をみずから発し、敵潜からのエコー（反射音）を

受信して位置や距離を特定できる。しかし、こちらからも音を発するため、相手方に容易に気づかれてしまう。

一方、聴知のみのパッシブは、目標の方向については即座に割りだすことができるが、測距には時間を要する。

しかし、こちらからは音を出さずにすむことから、通常は、まずパッシブである程度目標の情報を得たのち、次にアクティブでピンを一度だけ打って目標の位置を精確に特定し、ただちに攻撃へと移行する。

「まもなーく、投下よーい、投下っ！」

ソノブイを投下して、すぐのことだった。

「あさぎり」と敵潜の双方から発射されたと思われる魚雷航走音が探知され、タコほかのＰ‐１のクルーたちは息をのんだ。

「コンタクト、チャンネル１２６《ワン・ツー・シックス》。目標潜水艦まちがいなし、目標一三五度」

ソノブイの一つが、はっきりと敵潜を捉えたのだ。タコの三佐はクルーのその報告を受けるやいなや発した。

「この目標に対し、これより魚雷攻撃をおこなう」

機長が攻撃コースに入るべく、すぐに機を旋回させて、武器員のクルーが魚雷攻撃のセッティングに入る。

「オンコース、コーション、マーク、スタンバーイ（コースよし、魚雷、投下よーい）」

三佐はそう発したあと、すぐにＭＡＤ《マッド》（磁気探知機）で投下点を確定させた。

「まもなーく、マッドマーン、マッドマーン、マッドマーン、グーッド、ナウアタッーク（敵潜による地磁気の乱れを確認、魚雷投下）！」

それから一分と経っていなかった。

「複数の爆発音、目標を破壊、ほか水中の探知音なし」

　ＭＣの一人が、複雑な心境を思わせるような口ぶりで告げてきた。

　三佐ほかＰ‐１のクルーにとってはじめての実戦であったが、ほぼ訓練どおりの手順により、敵潜をあっさりと撃沈するに至った。

　だが、味方の「あさぎり」も、それよりわずかに早く敵から放たれた魚雷によって沈められたのである。

二〇一九年晩夏
神戸　兵庫県警

　霧深い尾根と谷は幽玄の郷《さと》を思わせるが、決して人を寄せつけないというわけではない。それどころかここの山稜は、むしろ人を魅了する妖しさを秘めている。

　日本海を北に見て西の摩耶山《まやさん》には、かつて天狗がいるといわれていた。いや、むかしの話ではない。山上の僧がこれを退治したときに置いたとされる天狗岩は、大神としていまなお修験道者の信仰の対象となっている。

　一方、東の六甲山には明治に入って英国商人が開いたという日本初のゴルフ場があり、この東西の峰を中心に、一円にはいくつものカントリークラブが点在する。

　ドライブウェーやロープウェーが通り、日曜ハイカーや登山客のための展望所や土産物店、駐車場も随所にある。そう、麓《ふもと》に近畿の西域を代表する都市が居並ぶ山々には、太古と現代が共存しているのだ。

　ただ、かたちは変わりつつあった。この国のかたちである。大地震や津波、あるいは宅地の造成、人工島、道路建設といったもののせいではない。

人の手によって築かれた六甲山系を望む街は、かつて大きな自然災害をこうむり、人々の記憶とともに、いまなおその傷跡を一部にとどめている。そこだけ復興できなかったのではなく、それもまた人の手によってあえて残されたのである。

そうやって後世に残す記念の碑やモニュメントは造られても、ときを経るにつれて人の心は移ろい、驚天動地の惨事ですら、いつしか忘れ去られてしまう。そして、過去の忘却は街だけでなく、国もまたそれと無縁ではなかった。

——だからいま、世人を覚醒させる事件が起きたというのか

人々の中に、そう訝《いぶか》しく思うところがあったとしても不思議でなかった。

特に、身近にありながら絶えず美しさと妖怪なさまを漂わせる摩耶山の、さらに西へ西へと連なる台上の住人たちにとって、それは十数年前に起きたあの忌まわしい出来事を彷彿とさせるものでもあった。

再びの震災ではない。火事でも土砂崩れでもない。

「現場周辺で黒服の男を見た」

「複数犯ではないか」

「あんな犯行声明文を書けるのは、幼稚なふりをして捜査を撹乱しようとする高い知能の持ち主」

「解剖や人体の構造に精通した専門家かもしれない」

男女の児童がたて続けに残忍な手口で命を奪われ、当時少年であった犯人がまもなく逮捕されたとはいうものの、今回同様、当初からそうした様々な疑問や憶測が流れていた謎の多い殺人事件である。

少年法の枠の中で矯正されたとされる犯人が、更生施設から放免されて一〇年近く経ったいまで

も、本当に単独犯だったのかと疑問を傾ける声すらある。

いずれにしろ被害者の無念は、その親族の胸の張り裂ける思いと交じり合い、人の罪の深さを世に問う。いやそれだけが、突然何も知らずに生を断たれた者が死後も現世においてなしうることなのだ。

それも生きている人間のごとく怒りと侮蔑によってではなく、ただ慈悲と愛とをもって優しく人々に語りかけてくる。

その思いが通じない畜生が再び現れたのだと、地元の人々は怒りが込みあげてくると同時に、また恐々とするほかなかった。

八〇歳、九〇歳を過ぎた年寄りのなかには、願掛けで封じられたはずの山の鬼人や畜生どもが這い出て、里に下りては人間の魂の中へと入り込むのだと語る者もいる。

人工臓器が作られ、人が火星にまで行こうかという時代には、まったくもって荒唐無稽な話に思われるが、摩耶の天狗ばかりでなく六甲の山中では、たしかに古くからいろいろと怪異な現象が起きることが知られている。

夜、ドライブウェーの片側に停めた車内のカップルが、山中青白くゆらめく人魂を見たという類いの話は、いまでもあとを絶たない。

そうかと思えば、最近では遠く街や海を見下ろす晴れの日に、穹《そら》高く突如、白い発光体が浮かぶことがあるという。

また記念撮影の写真には、よくある心霊現象のほかにスカイフィッシュと名づけられた未知の飛翔体が、この六甲の山では偶然写り込むことが多いのだとも。

山道を行く人々に注意をうながす単なる創作奇談や噂話ばかりではなく、実際に幾人もの登山客やドライバーたちが、そうした奇妙な現象を目撃している。

「たぶん事件が起きた方向やと思うんですが、まっくっらな中に、ぼーっと白く光るもんが見えました」

「いやあ、この辺はほとんど禁猟区やから、鉄砲なんか撃つことはないやろうと思うんですがねえ。でも、あれはやっぱり鉄砲かなにか、なーんていうか、パーンとかカーンとか、まあ微かでしたけどねえ、ヘンな音を聞いたんです。

うーん、自動車がパンクした音やったんかどうか知りませんけど。イノシシやサルを音で脅かすいう話も聞いたことはありますが、あれがそうやったんかどうかは、よおわかりませんわ」

「違いますねえ。私が聞いたんは銃とかの発砲音みたいなものやなくて、ブーンいうような機械音いうかモーターが回ってるような、ええ、そんな感じの音やったと思います。ていうか、そんな音でした」

事件当夜に現場からそう遠くないと思われるところにいた何人かの証言を警察は得ていたものの、三日経ち一週間経っても、捜査は大きな進展をみなかった。

ともに一〇代後半から二〇代前半と思われる男女の変死体が、摩耶山上の北東約一キロメートル、杣谷《そまだに》峠北側の登山道の沢で発見されたのである。

すぐそばを奥摩耶ドライブウェーが走っていて、男女のものと思われる乗用車が、近くの「市立自然の家」へと続く側道に放置されていた。

沢の中ほどで樹木に仰向《あおむ》けに引っかかっていた女性は、スカートは着衣のままであったが、無理に脱がされ引き裂かれたような跡が見られる下着は、男の遺体から少し離れたところに無造作に捨てられていた。

司法解剖の結果、膣内から男の血液型と同じ型の体液が認められた。あきらかに心中や自殺とは異なる死にようである。

平底のパンプスは片足だけが履かれていて、乱れたスカートからはストッキングに包まれていない細く白い生足がのぞき、衣類とともに腐葉土にまみれ、哀れなことこのうえない。

おぼこい面持ちをした、未婚といったふうの若い女性というよりも、まだ女の子である。

死因は、おそらく登山道から滑落した際に生じたと思われる頸部の骨折だが、ほかにも全身いたるところに切り傷や擦過傷、あるいは痛々しい打撲の跡が見られ、ベテランの刑事であってもなかなか正視に耐えない損傷の度を示していた。

——ドライブの最中、ムラムラとした男が車を停めて女を襲ったか襲おうとしたが、ガイシャ（被害者）の女は車外へと逃げ、それを追って男が再び襲い、あるいは争うなか、二人とも暗がりに足を踏みはずして沢に落ちた。そんなところか……。

警察は当初、事故の可能性が高いと見ていた。管轄の兵庫県警は、これまでも六甲山系やその奥の播但《ばんたん》をまたぐ山岳での滑落事故を嫌というほど見てきている。

登山人気の高い山々を持つ長野や群馬、山梨といった他府県の警察同様、機動隊の中には山岳救助専門の「特別救助隊」があり、遭難者の捜索、救助のためのエキスパートも存在する。

その中には、陸上自衛隊の訓練に派遣された者もいる。過酷さの面でも難易度の面でもこれ以上の訓練はないといわれるレンジャー教育課程において、その一部ながら、山地行動や山岳救助に関する実地研修を受けているのだ。いわば山のプロである。

「鑑識や解剖が必要かとは思いますが、男性のほうはいくつか疑問な点が見られるものの、女性については頭部や遺体の損傷具合、頸椎の骨折の感じからすると、やはり八割から九割方、滑落死と考えてよいと思います」

　捜査に先入観は禁物だが、捜査課は初動にあたった特別救助隊員からも、念のためそうした助言を得ていた。急峻な崖に囲まれた沢で骸《むくろ》と化した二人を毛布や遺体袋に包み、背負うなどして搬送したのも彼らだったのである。

　Tシャツに派手な柄の半袖シャツ、ジーンズ、スニーカー姿の男の右足は、膝関節の上あたりからねじ切れるようになかば離断され、血塗れでささくれだった腓骨《ひこつ》の一部と肉片、皮などが雑多にだらりと垂れ下がり、下半身全体には、ところどころ鋭い歯かカミソリなどで作られたような小さく抉《えぐ》れた傷があった。

　周囲の草木には、おびただしい出血の痕が見られ、足のケガが致命傷となっていても不思議ではない。

　ただ、争うなかで女性の逆襲を受けたのか、男の両手両腕には何者かに襲われたときにできる防《ぼう》禦創《ぎょそう》のようなものが見られ、おそらくこれが死を決定したのであろう深い刺し傷が後頭部と首のつけ根に見つかっている。女を襲い、死に追いやった報《むく》いなのだろうか、細く鋭く折れた枝が刺さっていたのだ。

　解剖でそれは延髄にまで達していることがわかったが、刺さったあとに男が動いたためか、手術したとしても修復不能なほどずたずたになっており、解剖にあたった医師もめずらしい症例であるという。

「鬼人や、また鬼人が出たんや。歳いっとって、もうろくしてんのとちゃうかと思うかもしれへんけど、まーだね、この目はしっかりと見えてますう」

九〇歳を過ぎているという婆さんの奇妙な話を盲信するわけにはいかないが、警察としてはどのような類いの情報であれ、とりあえずは聴取しておく必要があった。

事件が起きた近くの山中に住むというその婆さんは、つい最近、頭から腰まで全身樹木に覆われてボロボロの衣をまとった奇怪な人間のような生き物を、沢歩きの最中に見たというのである。

「ああ、そりゃ、仙人ってやつだろ」

初動捜査を受け持つ所轄の捜査課長は、現場で聞き込みにあたる巡査に最初、そう告げたにすぎなかった。

「仙人、ですか」

「そう、仙人。ここ何年かの話のようだが、あの近辺にはよく出るらしい」

「はあ」

「たぶん、リストラされたおっちゃんか、大阪の釜ケ崎かアマ（尼崎）あたりから流れてきたホームレスだろうな」

「ホームレス、ですか」

「そう、修験者ふうのな。いかにもそれらしい格好をして、たまにハイカーやら若い女の子やらに、あんたには邪気がついてるから、すぐに祓《はら》う必要があるとかなんとかいって、うまく騙したり、年寄り相手に寸借詐欺みたいなことをやらかしていると、以前から報告があがってきてる」

「………」

「うん？　君は修験者を知らんのかな」

「しゅげい、しゃ……」

「手芸じゃない、しゅげんどう（修験道）。ほら、ヤマブシだよ、ヤマブシ。ところで君、ヤマブシってのは、山にサムライの武士って書くんじゃなくて、伏せるって字なの知ってたか。

いやあ俺はね、中学のころまでずっとだな、山にいるサムライだから山武士なんだって勘違いしててねえ。ところが、よく考えてみりゃあ、土着というか野山に住む武士は野武士なんだよねえ。

どうだ、笑えないかこの話。あ、ま、それはいいか。で、君は会ったことあんのか、その山伏に」

「はい、山伏なら知ってます。いえ、まだ実際に見たことはありませんが、あの、白装束の、ですよね」

「そう、それだ。署の連中は『仙人』と呼んでるがね。泥垢《どろあか》まみれで茶色になった白装束やそれらしい杖やらで修験者を、つまり山伏を装って、よそから来た登山客を引っ掛けるってわけだ。

もちろんいまの時代にだって、霊山とか深山なんて呼ばれるところには真剣に修行に取り組んでる修験者もいるんだが、結局、どういう世界にも詐欺師は横行してるってことだな」

「なるほど、そういうことでしたか」

「おいおい、ただ感心してる場合じゃないぞ。その仙人か山伏だって、現時点ではホシじゃないとはいえんのだからな。

君らも制服とか私服とかに関係なく、うちのデカさんらと協力してだ、続けて警戒にあたるように。はい、じゃあ、報告ご苦労」

——ふっ、鬼人に仙人ね。奇人変人てのは知ってるが、だいたい、いまの時代に鬼だのなんだのって騒ぐこと自体おかしいってことになるか。しかし、仙人なら白髪に白い顎《あご》ヒゲなんじゃ……。あれ、待てよ。そういえば、あの婆さん、たしか俺が「おばあちゃん、ぎょーじゃ（行者）さんね、そう、あのね、白い服きた山伏、や、ま、ぶ、しとかじゃなかった」て聞いたら、「いやいや、そんなんやない。鬼やったわ。鬼とちゃうかったら天狗やな、あれは」、そういってたはずだが。

一介の警察官が所定の「報告」以外に、署のお偉いさん相手に何をいってもはじまらないどころか、いうべき立場にはないということを、巡査はよく承知していた。

——SAT（警察庁特殊急襲部隊）にでも入れたらまだましなんだろうが……。所詮、このまま一生宮仕えというのなら、何十年経ってもキャリアにはなれないココ（警察）にいるより、いっそ自衛隊にでも鞍替えするか。

準有事下のこの時代に、将来の夢とやりがいを求める若い警察官がそう思ったとしても、なんら不思議ではなかった。

事態が急転したのは、鑑識と科捜研（科学捜査研究所）の結果が出てからであった。

「例のプラスチック片なんですが……」

事件から二週間が過ぎて、主任、といっても捜査本部で指揮をとる捜査主任官ではなく、警察署主任、つまり巡査部長の「部長刑事」が鑑識の結果を刑事課長へと報告をあげてきたとき、警部補であるその課長のもとには、すでに科捜研からの報告書も送られてきていた。

県警本部が直接仕切ることになりそうだといわれていたが、いまはまだ所轄のヤマ（事件）としてあつかわれている。

捜査本部を立ち上げるべきかどうか、おそらく署での捜査の進捗状況やマスコミの反応をうかがっているのだろうが、「捜査の結果は随時こちら（県警刑事部）へあげていただきたい」と、最初から釘を刺してきたのだ。

みすみす上の連中に手柄をやるために初動を手がけているようなものだが、県警刑事部の出先機関とでもいうべき支店の立場では、本店（県警）の意向を無視するわけにもいかなかった。

「ああ、その件なら報告書作って支店へ、じゃないな、本店へあげといてくれ」

本店とは、もともと東京都の警察本部ともいうべき警視庁のことを指し、これに対して都内各署を支店と呼ぶ。それと似て、警察庁と各道府県の警察本部との間柄も、こうした隠語で呼び交わされることがある。そして、部内で本庁と呼ばれるものは、警視庁と警察庁の二つしかない。

なにがあったかは知らないが、過去に警察庁本庁での勤務の経験を持ちながら、目下は現場の支店勤務で、どこかクサクサした感の否めない課長のお決まりのたとえに、所轄の経験しかなくともすでに中堅としての実力を発揮する三〇代後半のデカは、いささかムッとしながら相手の顔を一瞥《いちべつ》し、手にした紙へと視線を落とした。

——けっ、またあんときみたいに、都合が悪くなると、どこぞで上が勝手に筋書き書いて、ええ加減な犯人像を作り上げるなんてことになるんやないやろな。そんなこんなで振りまわされる俺ら現場のことも、少しは考えろいうねん。もうはじけてもうて、わけわからんようになっとる国かどっかの工作員やらテロリストやらの仕業《しわざ》やったら、どないすんのや。

十数年前、須磨で起きた猟奇的連続殺人事件のときには、まだ巡査になりたての制服警察官であった彼は当時、山狩りに動員された経験があった。

そのときも最初は所轄が担当して、あとから捜査本部が設置されたのだが、それと同時に犯人像は大きく様変わりした。初めに浮かびあがった三、四〇代で屈強な男性のプロ的犯行という線は、たちまち雲散霧消することになってしまったのだ。

「わかりました。爆薬のことも一応書いときますんで」

主任のその言葉に、怪訝な面持ちで課長が応じた。

「はあ、爆薬？　爆薬ってなに」

ほらみろ。だからはじめっから人の話をちゃんと聞けいうねん、といった口ぶりで主任刑事は返した。

「ガイシャの男の傷口から摘出された断片と、遺体発見時に鑑識が念のため現場から採取した断片とが、あー、そのプラスチックの断片ですが、これらが同じ材質のもので、どっちゃからも爆薬の痕跡が見つかったそうなんですわ」

「ふーん……で、いまあんたガイシャっていったか」

腹の中はどうなのか不明だが、聞くだけ聞いておいて気のない返事をしたあと、課長は別な質問を主任へと向けた。

「ええ、もし現在まで身元不明の遺体の男性が、仮に爆弾かなにかで負傷したとなれば、直接の死因はともかく、別な人間に襲われたいう仮定も成り立ちますんでねえ。一応、被疑者、ガイシャ両方の観点から洗い直してみようかと思うてます」

「なるほど。だけど、あの現場にあったプラスチックのかけらってのは、たしか登山者やらハイカーやらが捨てた燃料かなにかの容器ってことじゃなかったの？

鑑識がそういってたって、あんただっけ、だれだっけか、前にそう聞いたけどなあ。その鑑識がだねえ、どうしてまた爆弾だなんだっていってるんだ」

「そうなんですわ。最初は課長がいわはったように、ただのゴミやみたいに思うてたようなんですが、あとで鑑識のほうが直接あっちゃ（科捜研）と協力して、なんちゃらグラフィーとかいう薬物の分析にかけてみたら、高性能爆薬らしい成分が検出されたということのようです」

「高性能って……軍隊とかテロリストなんかが使ってるTNTかC‐4ってやつ？」

「はい。いや、T、A、T、Pって書かれてます、ここには」

そういって、主任は鑑識から受けたメモを課長へと示した。

――TATP（トリアセトントリペルオキシド）またはAP、過酸化アセトン。

手渡されたA4版のレポート用紙に目を通しながら、課長は、はたと思いたったようにいった。

「ああ、アセトンてーと……このことか」

乱雑に積み上げられた書類の山から、慌てたように一通の封書を取り出すと、主任を待たせたまましばらくそれに目を通したのち、独りごとのように発した。

「いやあ、二、三日前に受け取ってはいたんだけど、この科捜研からの報告書なんだが、まだ目を通してなくてねえ。

あんたが、いや主任がいうように電話ではね、鑑識のほうから依頼があった分析の件で書類を送ったと、科捜研からも聞いてはいたんだが。

そうそう、たしか電話口でもアセトンなんてこと、いってたよ。だけど電話じゃなんのことやらよくわからないもんだから、報告書がきてからじっくり読ませてもらおうかとね。

そうか、こいつのことだったのか。しかし、となるとだなあ、やっぱり、本店の連中が出張《でば》ってくることになるんだろうなあ」

いつまでも抜けない東京訛りで、歯切れ悪そうに語る刑事課長のことばは現実のものとなった。

捜査本部を立ち上げる前の調整のため、兵庫県警刑事部の捜査一課長じきじきに、一人の部外者と二名の部下を引き連れて署にやってきたのは、それから三日後のことだった。

「実は今回の件では、防衛省のほうからも協力を仰ぐことになりました。こちら、陸上自衛隊の藤《とう》堂《どう》さんといわれる方が担当ですので、よろしく。

階級は一尉ということですから、うち（警察）では本部課長補佐か警部か、えー、警部補かということになると思うので、署のほうでもそういうことでおつきあいを願いたい。まっ、そういうことです」

一応敬語を使ってはいるが、その語尾には有無をいわせぬ迫力があった。

県警の捜査一課長といえば警視または警視正で、同じ課長でも警部である所轄署の課長とは大違いということになる。

それもそのはず、署のトップである署長の階級が警視か警視正なのだから、警察内部では一口に課長といっても、どこのどういう課長なのかによってその権限や立場は、まったく変わってくるのだ。

そもそも県警本部の捜査員と所轄の捜査員とでは、同じ捜査員、同じ警察官、同じ刑事担当であっても、それだけで大きく立場が違ってくる。

所轄の刑事課にとって、捜査一課長の言葉は署長の言葉にも匹敵するというのは大袈裟にしても、容易に無視できるものではない。

——はあ？　ＵＦＯやら、化けもんやら、テロリストやらの次は、自衛隊のデカだあ？　どうでもええけど、軍人にまで縄張りを荒らされたんじゃあ、この商売やってられんわ。

場数を踏んだ「ほんまもんのデカ」は、お偉いさんを前に平身低頭する上司を横目に、そう思うのだった。

二〇一九年秋
京都・神戸　ＡＣＵ

この地は古い型の戦車と似ている。冬は心底寒く、夏は塩吹くほど汗蒸す。九月というのに、まだ暑気が抜けきれない。

名物のうなぎの蒲焼きも、もう食い飽きた。食い飽きたが、そのぶん精力は増している。

だが、山岡河原町あたりの河川敷に出かけたところで昼間は家族連れ、夜はカップルばかりで、声をかけて簡単に釣れそうな女はいそうもない。街のなかには男を釣りに来ている女もいるに違いないというのに、である。

休日といえる休日は滅多にない。常に待機である。ただし、そのぶんの手当が格段に出るわけではない。「小屋」または桂《かつら》駐屯地から一時間以内のところに、存在または起居することが求められる。

それだけでもこの仕事が厄介だということがわかるが、逃げ出す者が一人もいないのは、隊長以下、みなこの隊を出ても行くところがないことを承知しているからだ。

とりわけ名村《なむら》三曹はこの隊、ＡＣＵ（Anti Commando Unit＝自衛隊統合幕僚監部直轄・対特殊戦隊）の一番の変わり者であった。そんなふだんの彼を見て、彼が自衛隊でも一、二を争う狙撃手であると思う者は少ないだろう。

ヘリを運用するＡＣＵ支援班のブレーカーズのメンバーを除けば、隊とは名ばかりの総員五名にすぎない「班」を率いる隊長の藤堂一尉によると、「おまえさんならどっからどう見ても、自衛官には見えないからな。ましてや凄腕のスナイパーとは、だれも思わんはずだ」ということになる。

それでも田中《たなか》二曹は、この風変わりな三曹のことが憎めなかった。

田中は、日本人ならだれもが知る国立大の工学部を卒業したのち、そのまま大学院へと進み、二年の修士課程も終えていた。

同じ自衛官になるにしても、ふつうなら士官、つまり幹部を養成する幹候校へと進み、それも学部卒である三尉の一つ上、二尉からスタートできる。だが本人は、あえてそれを望まず、下士官である陸曹たることをよしとしていた。

インテリ特有の理屈っぽさは多少みられるものの、それでも著名大卒者にありがちな、いくぶん人を見下した感じや嫌味なところなどもない。

それどころか、風変わりな隊員ばかりのACUのなかでは、もっとも自衛官らしい自衛官のごとく他の隊員には映っていた。

「おい、名村よ。このあいだは命拾いしたな」

「その、このあいだってのは、北朝鮮の海岸でウリナラマンセーの連中と、夜にかくれんぼやったことスか？　それか九州の島で、ぬらりひょんみたいな連中とですねえ、実弾使って、鉄砲ごっこやったアレのことスかね。

それか、相野町の小屋ふっとばしたときかな？

ありゃ、隊長が派手にやっていいっていったんで、たしかに爆薬の量が多すぎて、こっちまで、ふっとばされそうになりましたけどね」

「ああ、あれはたしかに気分よかった。だれもやらず（殺さず）にすんだし、やられる心配もなかった。C-4（爆薬）も、たぶんおまえがいくらか盛るだろうなと考えて俺も計算してたから、実際、害がなくてすんだだろうが、ハハッ」

「ハハッ、じゃないっスよ。二曹が『いいか、きっちりだぞ』と念を押してくれたら、こっちだってやばいかもなって、いわれたとおりの量でやってましたよ。

まあ、あんときは二曹だっていっしょにいたんだから、たぶんだいじょうぶだろうなとは思ってましたけどね。曹長には『バカじゃないか』って怒鳴られはしましたけど」

「ただ、事前にうち（自衛隊）のべつな連中が警察と協力して、あれが相野で事件を起こしたゲリラだか工作員だかのアジトにまちがいないって、裏をしっかり取ってたからやれたってわけだ。

ただの推測やら勘なんかでふっとばしてたら、こっちが警察の世話になってただろうよ」

「そうっスね。隊長の話じゃ、京都の情本（防衛省情報本部）の出城を襲ったのも、どうやらその相野と同じ連中らしいってことでしたし。

まあ、まだ仇《かたき》を取ったとまではいかなくても、とりあえずお礼参りの始まりくらいのことにはなったでしょう」

「まあ、そうだな……どうだ、それで邪気落とし、縁起かつぎに、これからピンクのブラック・パンサーで神戸までぶっ飛ばすってのは」

「あっ、それいいっスね。でも、なんでピンクなんです？」

「むかし、ピンクのスクーターでどうのこうのっていうアイドルの歌があったらしい。なぜか、急にそれを思いだした。べつに深い理由はない。要するにアレだ、洒落だ、洒落」

「あ、なるほど」

実際にはなんの洒落なのかよくわからなかったが、とにかく田中二曹の誘いに名村三曹は応じた。

日頃、パンサーもしくはブラック・パンサーの愛称で呼んでいる軽装甲機動車を、ピンク色に塗り替えてもいいという許可は隊長にもらっていないが、隊には塗り替えてはいけないという決まりもない。人であれモノであれ、変装偽装はＡＣＵ

の得意とするところでもある。

二人は小屋に隣接した倉庫でマスキングからスプレーガン、そして強力ライトによる焼き付け塗装までを二時間ほどで終えた。むかしイラク派遣にも使われたタフな車両である。

標準タイプのものにはエアコンは装備されていないが、ACUのそれには、放射能や毒ガスの簡易フィルター機能を兼ね備えたエアコンもついている。

日暮れ前だが、さすがに明るいうちは目立つので夜を待つ。天井に据えつけてあるどこか女の名前にも似たMINIMI（ミニミ）という口径五・五六ミリの軽機関銃、これも目立つので外す。

西京区にある駐屯地と違って「小屋」そのものは、ある意味で快適だった。外からは建設会社の事務所や資材置き場か流通倉庫にしか見えない。

武器庫兼、弾薬庫兼、糧食貯蔵庫兼、需品置場の地下もある。核爆弾にはまったく無力だが、ここならアダルト・ビデオもヘッドホンなしで気兼ねなく存分に鑑賞できるし、まだやったことはないが乱交パーティーを開いてもMP（警務隊）に見つかることもない。いわば秘密基地だ。

娑婆《しゃば》っ気が多くて、少しも秘密基地らしくないが、そこが値打ちでもある。

それでも、近頃あちこちで跋扈《ばっこ》している得体の知れないゲリラのそれ（拠点）よりは、ぜんぜんましだと隊員のだれもが思っていた。

もし屋根でもカパッと二つに開いて、そこからロケットでも飛びだそうものなら、それこそ興ざめだ。だいいちロケット・ランチャー（対戦車弾）は装備しているが、むかしの外国のSFドラマに出てくるような有人ロケットは装備していない。

だが、ここでは駐屯地と違って仲間内だけで過ごすことができる。小屋のある山科区は駐屯地とは真反対の東に位置するが、京都市内を通る国道一号線や九号線、一七一号線といった幹線道路を使えば、よほどの渋滞でも起きないかぎり車で三〇分とかからない。

今日はその一号線を南に下り、名神高速へとアクセスして一路神戸の港町まで走りぬけ、帰りは途中、三宮あたりの歓楽街でやることをやって、払暁《ふつぎょう》までには戻るという計画である。夜が明ける前に、元の黒色塗装へと戻しておかなければならないからだ。

といっても、軍の車両は軍特有の緑のＯＤ（オリーブドラブ）色と決まっていて、ヤクザや政治家のセダンでもあるまいに黒塗りというほうが本来はおかしいのだ。

しかし、そうした装備のオール・ブラックスもまた、この隊が「特別」というか、たしかに変わった部隊であることを表していた。

不思議なことに、この風変わりな装備に風変わりな隊員たちのことを知る者は、同じ自衛隊にもほとんどいない。二人が所属するＡＣＵという部隊名さえ、自衛隊内でも知る者はわずかなのだ。まあ、とにかくそういう部隊なのである。

一六〇馬力、車重四・五トンのミニ装甲車とはいえ、頑丈な抗弾タイヤを履いた四駆は、最高時速一〇〇キロメートルは出せる。

高速道路はもちろんのこと、オフロードを四、五〇〇キロメートル走ったとしても、燃料補給さえできればなんの問題もない。

さすがにサスペンションは固いが、むかしのジープよりはよほど楽に運転できる。しかも普通運転免許でいいのだ。

時速八〇キロメートル超で夜の道路を飛ばしながら、名村三曹は訊いてみた。

「ところで田中二曹、三田《みた》三曹とやったってホントですか?」

「けっ、冗談にもなんねえよ」

「はあ、やってないんすかあ? おっかしいスねえ。このあいだ、西本《にしもと》曹長があいつらできてるに違いないから、いっぺん白状させてやらんといかんな、なんていってたんスけど。

そうですすよね。あの三田とですよ、二曹がやってるとこ、想像しただけで笑っちゃいますからねえ」

「ああ、あいつは身を心も完全に男だからな。俺たちにあるモノがついてないだけだ」

「いつだったか本人がいってましたけど、なんちゃら障害とかいう一種の病気だそうですね」

「性同一性障害ってんだろ。いまどきめずらしくもない話だ」

「ですが彼女、じゃなくて彼、じゃないか、あー、面倒だなあ。あの三田三曹、婆婆にいたときにナースの免許取ったらしいスね。ホントに男気があるんだったら、そんな仕事選びますかねえ」

「おまえこそ、ホント、婆婆のことには疎《うと》いんだなあ。婆婆じゃ、ナースの免許は男もふつうに取ってるし、男の学生を受け入れる看護学校はいくらだってある。自衛隊中央病院にだって男の看護師はいるんだぞ。

それに俺が聞いたところじゃ、高校のころ、あいつに好きな女がいてだな、その彼女が看護学校に入ったんで自分も同じ学校へ入ったそうだ」

「へえー、あの三田三曹が自分でそういってたんスか」

「ああ、俺らが他の男に自慢するときとまったく変わらん感じで、いつもの男口調で嬉しそうにな」

「化粧でもして顔だけで勝負すりゃ、けっこう女としていい線いってるのに、はあ、身も心も男スか。しかしそういうことだと、なんか少し同情しちゃいますねえ」

わかったふうな口ぶりで神妙にそう返す名村三曹に向かって、田中二曹が強く応酬した。

「同情だあ？　なにいってる。おまえだって、婆婆じゃ日常生活不適応症てやつなんだろが。

野外演習でもあるまいに、下宿先じゃパンツは一週間も一〇日も替えないわ。スズメや土鳩を捕まえて焼いて酒の肴にするわ。

それにＰＸ（隊内売店）だったら、買う物がなくても店員を口説きに行けるってのに、おばはんの視線と香水に耐えられんから、スーパーには買い物に行けないないなんてな。

所帯持つくらいマジになるような女なんかできたらどうすんだ、おまえ。結婚生活なんて一日でパアだぞ、パア」

「俺、結婚なんてしやしませんよ。俺のカミさんつーか愛人はＭ‐24（狙撃銃）だけで十分ス。それに二曹の二の舞はごめんスから。これから行く店の女とか、尻軽でもあとくされないのが一番ですよ、やっぱり女は」

「まあ、たしかにそれも一理ある」

田中二曹は一度ニヤリとしながら認めたものの、すぐに助手席の窓越しに夜の町へと遠く視線を移した。数秒間の沈黙をこらえきれずに、またしても名村三曹が口を開く。

「それにしても、たいへんですね。養育費とかまだ何年も払わないといけないんスか」

「ああ、子どもが二〇歳《はたち》になるまではな」

「二〇歳スかあ。そりゃあ半端じゃないスねえ。この前の話だと、別れたのはたしか子どもちゃんが三つか四つのときじゃなかったスか」

「そう。あれから三年だからなあ、まだ一〇年以上だ。けど、その間は月に一度は会えるからな」

「えっ、別れた奥さんと、まだ月一でやってるんスか、二曹」

「バカ野郎、おまえはなんで、すぐにそっちのほうと結びつけるんだ。子どもだ」

「えっ？」

「おい、子どもとやるんスか、なんてまかりまちがってもいうんじゃないぞ。叩き落とすからな。だいいち、うちの子は男だ」

「いやだなあ、違いますよ、二曹。奥さんと別れても子どもとは会えるんだなあと思って、びっくりしたんです。いや、その、ヘンな意味じゃないスけど」

「法律だ、法律」

「あ、なるほど、法律ね」

「この目立つ色に目立つ車体だ。その法律ってもんを守って少しスピードを落とさんと、たちまちパトカーか白バイの餌食になるぞ。なんでも京都府警の交機は日本一らしいからな」

「へえー、で、なにが日本一なんです？」

「突然、襲ってくる」

「空挺やレンジャー、中朝の連中みたいにスか」

「だから、スピード落とせ。どっちみちもうすぐ高速だろが」

「わかりましたー、了解です」

京都南のインターチェンジが見える。うまく流れれば、神戸まで一時間弱だ。

軍用車両にも一部にＥＴＣが搭載されているが、このピンクのブラック・パンサーにはない。ゲートの機械がいかにも機械的に配るチケットを手にした名村三曹は、話題を変えることにした。

「しかし二曹、やっぱ関西弁てのは難しいスねえ。特にあの抑揚がね、なんとも……。アンニョハシニカー（おはよう、こんにちは）、ハングルのほうがよっぽどわかりやすいっス。

けど、田中二曹だったら来月、小平《こだいら》（東京）で受けるハングルの初級試験なんて朝飯前なんでしょうね。やっぱ、ハングサラム（韓国人）のソニョ（女の子）なんかと仲良くなったほうが、早く覚えられるんでしょうか」

「バカいってんじゃないぞ。ソニョ（少女）をグニョ（彼女）にして子どもでもできたひにゃ、相手のアポジ（父親）かオモニ（母親）に半殺しにされかねん。むかし儒教いまキリスト教大歓迎の国だから、そのへんのケジメはきっちりと取られる。

　それにハ、シ、ニ、カじゃなくて、ハ、シ、ム、ニ、カをさらっと発音するんだ。そんなことより、どうだ音楽でもかけてみたら」

「りょーかい」

「ヒップホップとかラップトップとかはダメだぞ」

「ラップトップ？　はあ、またクラシックっスかあ。『ワルキューレの騎行』とか『アイーダ』とか、もう聴き飽きましたっ！

　こっち来る前に富士で対テロ車両運行の訓練やったあとの宿舎への帰り道、二曹はいったい何回クラシックかけながら帰ったと思います？　一五回、いや一六回すよ、一六回。それも毎回毎回似たような曲ばっかエンドレスで」

「そうだったかなあ」

「ええ、そうです。間違いありません。俺はいつも理不尽な目に遭ったときには、必ず手帳にメモすることにしてるんです。狙撃の訓練のときにつけてるログ・ブックと同じです」

「ドライブで自分の好みの曲が聞けないのが、そんな理不尽なことだとは俺には思えんがね」

「いいえ、自分にしてみれば、ゴムをつけても入れさせてもらえないのと同じくらい理不尽なことですよ、そいつは」

「なんだおまえ、過去にそういう経験でもあるのか」

「ええ、あります。高校のとき、女の先輩んちに誘われたんスけど、遅くにしか帰らないはずの彼女の両親が突然帰ってきちゃって。それも被せてすぐにです。で、外そうとしたんですが、ムスコの野郎がカッチカチなまんまであせってしまって」

「で？　どうした？」

「彼女がとっさに外してくれたんすけど、指の爪がなんてのか、こう皮に……」

「食い込んだのか」

名村は、それにはただ黙ってうなずいた。

「で？」

「…………」

「それが初体験だったわけか」

「あ、はい。まあ、だったわけです」


そんなバカっ話をするうちに、二人が乗るピンクのブラック・パンサーは阪神高速三号神戸線に接続する西宮インターチェンジの手前に達していた。

思ったよりも早い。このまま阪神高速にアクセスすれば、三宮には二〇分とかからずに着く。いったん下りて、二人は神戸の夜の町を見物がてら、北の国道二号線を使って目的地までドライブすることにした。

自動改札が主流となりつつある高速道路だが、係員のいるゲートは必ずあって、こうした特殊車両もどきのクルマであっても、たいして面倒はない。

「えーと、8ナンバーだけど、中型車？　普通貨物でいいですね」

料金所の係員は、一瞬ぎょっとした顔をしてそういうと、いったん顔を引っ込めてなにやら確認してから、すぐにまた姿を現した。

自衛隊の車両は道路運送車両法が適用されない独自のナンバーが付けられているが、輸送車両の一部やVIPの送迎車両の中には一般車両ナンバーのものもある。ブラック・パンサーもそうした一台で、部外との接触も多い部隊の性質上、8ナンバーを取得している。

全長四・四メートルで車高が一・八五メートルだから、あと車幅が一・七メートル以下なら高速でも普通車扱いになるのだが、残念ながら二メートルを超えている。

熟練の係員なのだろう。目測でしっかりとその点を捉え、「中型車」であることを指摘したのだ。しかも、いかつい車体の形状にそぐわないピンク色の塗装である。こうした変わりダネ車両のマニアかその類いだと相手が思ったとしても、不思議ではなかった。

準有事下で世の中が騒がしくなっているだけでなく、民間の不正8ナンバー車が増えたこともあっていささか手厳しいようだ。ここは変にごまかしたり、クレームをつけたりして料金を値切るようなことはしないほうが得策だと名村三曹は思った。田中二曹も同じはずである。

「毎度毎度、おっちゃんもご苦労さんやね」

名村は覚えたての関西弁で愛想よくした、つもりだった。しかし、この関西の「毎度」はイントネーションが違うと、嫌味に聞こえてしまう。語尾の「――やね」にしても、関西人が使う場合でもけっこう気を遣うことが多い。

おまけに顔見知りや親しい間柄ならともかく、初対面の年配の男性に向かって「おっちゃん」と語りかけるのもあまり品がいいとはいえず、どちらかといえば幼児語に近いものがある。

むかしなら「京にのぼる」ということになるの

であろうが、二人ともいわば都落ちして関西の地に下り、まだ三か月も経たないのだから無理もなかった。

　年配の係員は、いくらかムッとした表情になると、いたって事務的に料金を告げた。

「とりあえず、郷に入りては郷に従えだ。関東出身の俺たちが関西弁に慣れるのはなかなかたいへんだが、その土地の水に慣れていかないと『あかん』ように、早く言葉にも慣れていきたいと思う」

　みなが着任した際にそう告げたのは、隊長の藤堂だった。

「おっちゃん、気分悪くせんといてえなあ。わてら東京もんですさかいに、よくわかりまへんのや」

　悪ふざけではないとはいえ、名村三曹の京言葉とも大阪弁ともつかない妙な関西弁に、田中二曹が含み笑いしながら制した。

「やりすぎだぞ、名村」

「へっ、すんまへん」

　悪乗りである。

「おいっ！」

　大声ではないが、どんとした田中二曹のその声に答えたのは係員だった。

「はいはい、おおきに！」

　事務的だが関西弁でそう返してくれたことに、名村三曹は朝鮮語の講義の際、教官がはじめて朝鮮語で褒《ほ》めてくれたときと同じ感動をおぼえた。

　気をよくして、料金所のあとは合流の一般道へと向かう。いつも混みあうところだと聞いていたが、今日は上りも下りも都合よく空いている。

　かつて関西で起きた大地震の際、大きな被害を受けた一帯を貫く夙川《しゅくがわ》とともに、西宮市内を南北に流れる東川を越えたあと町を北へと進み、市役所のあたりから国道二号線へと入る。そこから本来の目的地へと向けて、まっすぐに車を走らせようとしたときのことだった。

家々の灯火に星々の煌《きらめ》きが遮《さえぎ》られた神戸の山手側北方の暗い空に高く「巨大な流れ星が走った」ように田中二曹の目には映った。

遠くにあるためか、ロケットや飛行機のエンジンといった感じの大きな音は何も聞こえない。名村は急ブレーキを踏むことなく、周囲の車の流れを阻害しない程度に減速した。

無言のまま二秒ほど時間が過ぎる。今度は海側、神戸港のほうから金属音に似た鋭い音をともないながら、一筋の賑《にぎにぎ》々しい白ともオレンジ色ともいいがたい火炎が、尾を曳いてやってきた。

山に向かって落ちていく白光の球体へ、それがぐんぐんと近づいていく。

――まさかBM（弾道ミサイル）？

田中二曹には、目視したものがなんであるのか、はっきりとしたことはわからなかった。名村三曹にしても同じはずである。

だが、万一あれがBMなら、すぐに自分たちにも非常呼集がかかるはずだ。

「戻りますか？」

名村の問いに田中二曹は陽気な口調で返した。

「いや、三宮はすぐそこだ。どっちみちまた忙しくなるんだったら、今日中に命の洗濯ってやつをやっておきたい。だろ？」

準有事というものを経験している日本国民の大半もまた、空や海が光ったとか火の玉が飛んだなどということには、もうどこか馴れっこになってしまっている。

やたらに騒ぎたてるマスコミにも冷ややかな視線を向けるだけで、自称専門家と称する一部の人間や政党などを除いては、謎解きにやきもきするようなこともない。

ほとんどの人々が、むかしの本土空襲以前の日米戦当時がそうであったように、みな実に淡々と日常生活を営んでいる。

　こうした状況は実のところ、自衛隊としても都合がよかった。国民のあいだに素人考えで国防を論じることが盛んになり、妙なオピニオン・リーダーが現れ、その結果、あらぬ方向へと大衆が導かれて全面戦争も辞さずということにでもなれば、それこそ収拾がつかなくなる。

　軍人ではなく身分的には、いまなお特別職国家公務員たる自衛官であるにしても、そういう点では自衛隊上層部の考え方と田中二曹らの思いは一致していた。

「ええ、もちろんです。二曹がそういうんだったら、俺はいつだって喜んで、多少理不尽なことにだってしたがいますとも。

　ソープだろうがヘルスだろうがサウナだろうが、とことんおつき合いしますよ。なんたって、ＡＣＵの中じゃ、田中二曹と俺はバディーなわけですし」

「ちっ、気持ちわりぃーな、名村。盛りがついた犬じゃあるまいし、あんまり近づくんじゃねえよ」

「ですがさっきのあれ、マジな話、どっかの国の偵察機やらミサイルやらであったとしても、被害がないかぎり国のほうじゃ、また未確認航空機の事故だとか隕石だとか、そうでなきゃ、ＵＦＯまがいの話をデッチあげて、ごまかすんでしょうかね」

「まあ、そんなとこだろ。こんなご時世だから、アメリカさんが日本で中朝のゲリラを叩くための新兵器の実験中てなこともありうるわけで、それだと少なくとも俺たち日本国民に真相が明かされることは、まずないだろうな」

「やっぱ、アメちゃんの新兵器なんスかね。幽霊話なら戦争行った爺さまに、子どものころよく聞かされましたけど、その爺さまが戦争中もＵＦＯとかなんとか、ちっともめずらしくなかったなんて、いってたのも、やっぱＭＡＤＥ・ＩＮ・ＵＳＡの新兵器だったたってことでしょうかね」

「さあな。あるいは中国のＡＩ兵器ってやつかもしれん。でも一番現実的なのは、偵察衛星てとこだろ。それこそ米軍の秘密兵器とやらに中国の衛星が撃ち落とされたか、あるいはその逆か……まあ、そんなとこじゃないか」

「ああ、偵察衛星……なるほど」

「ところでよ、名村。おまえ、いまの仕事、どう思う？」

「仕事？　自衛隊の？　さあ、どうでしょうね。自分で入隊したんですから、もちろん嫌いじゃないスけど……ほら、スナイパーっていうとカッコいいスけど、自分は人撃ち殺すのが特技なわけですからね。それについては、やっぱおおっぴらに好きとはいえませんよね」

「そりゃ、まともなやつなら、だれだって人を殺せばいい気はせんだろうよ。いくらおまえさんでもな」

「自衛隊も、最近じゃシャバ（世間）のウケもよくなってますけど、税金ドロボーくらいならまだしも、いまだに人殺し呼ばわりするやつもいますからねえ、なかにはおかしなのが」

「ほう、おまえさんにそんなデリケートな神経があるとは思わなかったな。俺には毎日、能天気なようにしか見えんけど」

「とにかくシャバの連中には、まだまだ俺たちみたいにバカな人間たちのことは完全には理解されてないって、そうは思いますね」

「…………」

「まあ、完全に理解するってのは無理かもしれないスけど。汗まみれ泥まみれ血まみれになってですよ、命がけでゲリラだのなんだのとわたりあって手取り月三〇万になるかならないかなんて、まともな人間ならやりませんよ。けど、だれかがやらないといけない仕事なわけスから」

「いまじゃマスコミだって、大方は国民というか大衆にウケのいい情報しか流さんしな。

でもなあ、国民に本当のことを告げないほうがいい場合だってあるかもしれんと、俺も最近はそう思うようなことがある」

「あれ？　らしくないっスね。なんかあったんスか」

「いや、おまえだって、これから俺がうまいメシ食いに行くだけなんだって知ったら、がっかりするだろ？」

「はあ？　冗談きついっス。わざわざメシ食いに神戸まで来たんですかあ、車の色まで変えて」

「ああ、てっちりのうまい店があるって、隊長と曹長に聞いたんでね」

「くはーっ、そりゃあ、あまりにも理不尽すぎますって、二曹。しかも車っスから、俺、飲めないわけですよね。くはーっ、くえーっ、ほあーっ、あー、やってらんねえ」

「そうがっかりするな、名村よ。帰りは俺が運転してやるから。どうせ俺は下戸だからな、ノンアルコール・ビールってやつで相手してやるよ。

それに今日は俺の奢《おご》りだ。来週息子の誕生日なんだが面会日じゃないから会いにいけないし、それでまあ、その前祝いみたいなもんだ。

一人でやってもつまらんから、こうしてパンサーの市街地慣熟訓練を兼ねて、おまえを誘ったというわけだ」

「はあ、ま、そういうことなら、しかたないっスねえ。ところで二曹」

「なんだ。奢るとはいったけど、金を貸すとはいってないぞ」

「やだなあ、違いますよ。そのー、てっちりってのは、なんです?」

　生まれてまだ一度もフグを食べたことのない若い三曹を連れて、旧軍ならば軍曹に相当する陸上自衛隊二等陸曹の田中は、密かに予約していた活魚料理の老舗の暖簾《のれん》を、自分もまたおそるおそるくぐるのだった。


　半時間ほど前に摩耶山付近で起きた白光現象は二人のほか、多くの一般人が目にしたはずだった。しかし山の上でも麓でも、当局による目立った捜索活動や警戒などの動きは、不思議と見られなかった。

　それは一時間が過ぎ二時間が過ぎ、三時間が過ぎて、結局てっちりをすませ、本番のない風俗店をあとにした二人が京都への帰路についてからも同じであった。

　酔って戯言《ざれごと》を口ばしる三曹をなだめるためとはいえ、二曹もまた、立ちんぼうのおっちゃんの、つまりは違法な客引きと、若い女の白い太股に負けてしまったのである。

「臨機応変」がモットーのＡＣＵ隊員にとって、それは決して理不尽なことではないと、そう読んで戦術を企《くわだ》てた名村三曹の勝ちといえなくもなかった。

　ただ、その夜、神戸の街の一部がかなりの時間、原因不明の停電に襲われたことを、二人は翌日の新聞に目を通すまで知らなかった。

　携帯電話の電波塔、電話会社、消防、警察等の通信施設、ビル建物等の配電盤、自動車や建造中の艦船の電気系統、さらには多くの個人宅の家電やパソコン、インターネットが瞬断あるいは破損し、以後、数時間、通電をみることはなかったのである。

被害は、なぜか海自艦艇の建造や修理を手がけるミツイシ重工神戸造船所とその周辺にかぎられいた。そのため造船所の重電施設や配電の異常が疑われたが、結局、電力会社ほかによる数日間の調査を経ても原因はわからなかった。

造船所や周辺の電気設備の多くに、サージ電流（落雷や大型コンデンサーの短絡等による過大電流）を受けた痕跡が見られたことから、落雷の可能性が指摘されたものの、気象庁は当夜の同地での落雷を否定した。

しかし停電の直前、落雷に似た爆音をともなう突然の白光現象を目撃した市民は少なくなかったのである。

*

ＡＣＵでメディック（救難）を受け持つ三田三曹には、もともと曹（下士官）として入隊する資格があった。

入隊前に看護師の免許を持っていたからである。

だが、彼女は看護職を望んではいなかった。

契約社員たる自衛官候補生を経て任期制の二士から入隊し、自衛隊が自分に合っていると感じて正社員、つまり「職業軍人」になりたいと思っても、そうとんとん拍子にはいかない。

入隊後、二士からスタートして一士、士長までは自動的に上がっていくが、その上の三曹に昇任するためには、曹候や技能陸曹と異なり、競争率の高い部内選抜試験を受験する必要がある。それに比べて、最初から特技を持つ者は軍でも優遇されるのだ。

民間でもそうだが、自衛隊でも医療関係の職種には充足している部分とそうでない部分があり、そうでない部分は平時から慢性的に不足している。

その不足を補う予備自衛官補制度の中にも、「一般」のほかに「技能」分野を設け、有事に備えて民間人の有資格者を登録しておくということもやっていた。

人間は、戦場で負傷した者だけが医療を必要とするわけではない。心身強健な隊員であっても風邪のような身近なものからガンや心筋梗塞、脳梗塞といった重篤なものまで、人間であるかぎり様々な病気のリスクを抱えている。

鍛えられてはいるが、任務の重圧に心を病む者もいないわけではない。

ハイテク全盛の世の中とはいえ、いまもむかしも軍において、看護要員が前線でも後方でも不可欠な存在であることに変わりはなかった。

だが、幼いころから抑えることのできなかった自分の内なる性状がそこで明るみになれば、すべては無に帰すとの思いが、三田にはあった。

性差別ということではなしに、ホモセクシャルな隊員というのは、自衛隊ではむかしから認められていなかった。レスビアンについても、よしとはされない。

三田の場合は、そのどちらともいえない微妙な立場というか、いまの時代であっても他人においそれとはカミングアウトできない、まさに「内なる性状」を持つ存在だった。

教育隊の時点で、それらのすべてが人に知られることになれば、三曹昇任の前に除隊という憂き目にあわないともかぎらない。といって、看護職で陸曹となるのも、それと同じくらい彼女には耐えられないことだった。

三田は、これまでただひたすら本当の自分を隠してきた。そもそも女性とみなされることそれ自体が苦痛でならなかったが、家族にも友人にも、これまでその本音を洩らしたことはない。

洩らしたことはないが、そうすればするほど家族との間係はぎくしゃくしていった。

仮に女性ホルモンを抑制する薬を使い、胸を整形しても、外形的にすぐに判別のつく肝心の部分を改造することは、逆の場合と比べて時間も費用も高くつくだけでなく非常に難しいということも知っている。

そうやって外形を整えることができたとしても、本物ではないという心理的な不安を抱えることでそのギャップに悩み、変身する前よりも、なおさら心の問題で苦しむようになることもあるという。

高校時代には何度もそんなことを夢想し、実際にその詳細を調べあげたが、外形には関係なく、心身ともに自分を変える道があることを、三田は卒業するころ偶然知ることになった。

しかし結局、三田は高卒後は看護学校へと進み、そこを卒業したのち病院には一度も勤めることなく、看護学校時代に自衛官候補生の試験を受験して、卒業後に採用されることになった。

そして、男子隊員となんら変わらない前後期一年数か月におよぶＷＡＣ《ワック》（女性陸上自衛官）の新隊員教育課程を最後までやり遂げたのである。

その後、順調に陸士長にまで昇任し、部内の三曹昇任試験にも一発で合格すると、希望どおり数少ない女性航空救難隊員となるための関連部隊にも配属され、それから一年が過ぎつつあった。

だが、そこに落とし穴があった。

「私は彼女が、いえ三田三曹がＷＡＣだからいっているのではありません。チームワークの問題をどうすべきか、それが克服できない以上、我々男子隊員だけでなく三田にとっても不幸ではないかと、そういうことです」

現場の班長は、彼女が実動隊員の候補となっていることを救難隊長に聞かされて、態度を急変させた。

それまでは、三田三曹がＷＡＣとして第一線部隊における救難活動の現状を実地的に把握し、その研究を行うために派遣されてきたとばかり思っていたのである。

「うん、どういうことだ？　体力面で問題があるのか。三田三曹は体力検定も二級だし、身体条件その他の基準をクリアしているはずだが」

「隊長、そういうことではありません。意思疎通の面で問題があると申し上げているのです」

「ますますどういうことかわからんねえ。彼女は適性もパスしてるし、頭も悪くないどころか、むしろいいくらいだと私は思うんだが」

「では、今度の親睦会でも、これまで新人の男子隊員の場合には例外なくおこなってきた素っ裸での踊りを披露させることにもまったく問題はないと、そういうことでしょうか」

「ああ、それはいくらなんでもダメだ、班長。すぐに査察が入って、セクハラだなんだで、みな処分をくらうことになる。査察の厳重注意や改善命令だけですめばいいが、警務隊の耳にでも入ったら、それこそたいへんだ」

「ですから、それでは我々としては共通の理解を得ることはできないということなんです。

いまどき裸踊りなんて、外部の人間から見れば時代錯誤もはなはだしい、イジメもどきの単なる余興にしか映らないかもしれませんが、互いに命を預け合うことになる我々にとっては、極めて重要な意味を持つ通過儀礼のようなものです。

それは隊長も十分に理解されておられると思いますが、違いますでしょうか」

「それについては違わないと思うね。しかし、裸踊りをやらんと仲間に入れないというのも、どうかと思う。

性差はしかたのないことで、それこそ男と女それぞれその違いを認め合ったうえでだな、しかるべき相互理解の手段を構築する必要があるんじゃないのか。あんた、そのへんはどう考える、班長」

空挺とレンジャーの資格を有し、空挺団を経たのち、コンバット・レスキューといういわゆる戦闘救難の道一筋で一八年にもなる一等陸曹にとって、家族以上の絆が求められる隊員間の信頼醸成を無視した部隊作りなど論外だった。

たしかにその行為自体は破廉恥で幼稚かもしれないが、男同士素っ裸になって酒を酌み交わし、バカになりきるのは、これから堅い絆を築いていくのだということを、新入りに深く自覚させるための一種の儀式なのだ。

班長たちにとって、それは結婚式の三三九度と変わらないほど深い意味を持っていた。

平時における災害や事故の際の救難活動であっても、一歩まちがえば、救助する側が二次災害に遭いかねないほど任務は常に危険であり、しかもそのほとんどが困難を極める。

特に戦闘地域での行動を前提として編成されたコンバット・レスキューの中でも、ヘリを使った航空救難はその出動自体が即、死ととなりあわせとなる。

ただ危険な地域へ飛び立って、撃ち落とされた輸送ヘリや攻撃ヘリの搭乗員、あるいは撃破された舟艇の乗員たちの所在を確認すればそれで終わりというわけではない。

そうした遭難者を、ときにはみずからの命に代えても救わなければならないのが、陸海空自いずれであっても航空救難隊の仕事なのだ。

あこがれや見栄、奇妙なプライド、そういう生半可な心根ではとても務まらないどころか、そのような者が隊の中に一人でもいれば、隊全体が大きなリスクを負うことにもなる。

ベテランの班長が前々から感じ取っていたのは、三田には少なからずそうした面があるということだった。

それが、男には負けたくないという女ゆえの「奇妙なプライド」によるものなのか、それとも選ばれたWACとしての自負心によるものなのか、そんなことは班長にはどうでもよいことだった。

また、仮にそんなものを彼女が持っていたとしても、自分たちの仲間でないかぎり、なんの問題もなかったのである。

だが、仲間入りを考えているとなると話は別だった。女が加わるというだけでも男子隊員が落ち着きを欠くことになるのは、部下よりも男としての経験の長い班長には、手に取るようにわかる。


アメリカのSFミリタリー映画のごとく、女性兵士がシャワーを浴びるそばで男性兵士が少しも動じないといったことは、日本人には五〇年先であろうと無理なように思えてならない。

自衛隊は他の官庁や民間企業に先駆けて、職場における男女機会均等というものに積極的に取り組んできた。

もともとは米軍をならってのことであったが、専守防衛を旨とし、有事においてはもっぱら国内での戦闘を余儀なくされる自衛隊にとって、女性による支援や協力は不可欠だった。

国際貢献が本来任務とされ、陸海空いずれも米軍との協同が密になったことで、国内のみならず国外での危険度が増した自衛隊においても、それは基本的に変わらなかった。

結局、この国では男所帯と思われがちな自衛隊こそが、女性蔑視をことのほか嫌い、男女の職業差別解消にもっとも強く傾いている組織でもあったのだ。

　男気の強い班長でさえ、そうした認識は十分に持っていた。だから隊長に告げたように、三田が単に女だからという理由で、彼女を部隊の一員として迎えることを拒んだわけではなかった。

「要するに男の側の準備ができていないと、そういうことだな、班長」

「おっしゃるとおりです」

「しかしなあ、米軍のレスキューには女性のヘリ・パイロットもいるそうだ。そこんとこ、どうだ？」

「米軍のことは私にはよくわかりませんが、自衛隊では、少なくとも我が部隊においては、支援要員としてのWACの受け入れは可能でも、救難員の養成はそれ以前に、互いに性差を意識しないですむしくみなり環境なりがないかぎり、非常に難しいと思われます」

「なるほど。じゃあ、三田三曹についてはだな、まず本人への確認も必要だが、当面、救難員候補たる支援要員ということで、いましばらく我が隊で預かることにする。

　その間、班長のあんたが障害を排除するそのしくみを作り上げてだな、なんとしても彼女を女性初の航空救難員に育ててあげてほしい。

　いいね、これはあんたにしかできない仕事だと思う。やり方もまかせる。手加減する必要はないが、女性ゆえの心の傷を作るようなことだけはしないように。いってる意味はわかると思うが」

　しかし、いざ訓練に入ると、班長にも隊長にも性差を取り除く有効な策を見いだすことはできなかった。

　潜水や空挺、サバイバル、こうした訓練のほとんどを、三田三曹は女性とは思えぬ驚異的な身体能力と男性隊員をしのぐ精神力を発揮して、ことごとくクリアした。

救難員に求められるありとあらゆる訓練を等しく受けさせれば、おそらくその間に脱落し、みずからあきらめるに違いないとの考えが班長にはあった。だが、三田はそれに見事に耐えたのだ。

「彼女、けっこうやるな」

男子隊員も、いつしか「WACとしては」とか「女としては」と冠することがなくなっていた。

それでも一〇名を超える訓練生や実動隊員の中には、やはりときおり色目を使うような者や、訓練中に胸が触れるということで遠慮がちになったり、男にはない丸みを帯びた体に目がいって集中できなくなる者もいたのである。

三田のほうもそれを意識してか、せずかはわからなかったが、他の隊員とともに絆を作るというよりは、どことなく男をバカにし、ライバル視していると思われる言動が見え隠れしていることは、班長のみならず隊長も気づいていた。

――やはり、まだ早すぎたということなのか。

隊長は訓練にも実動にも日々多忙な部隊の規律と精強さを維持するため、三田を救難員として受け入れることをしばらく見合わせることにした。

――問題は宙ぶらりんとなる彼女を、どこへ配属するかだが……。

あれこれ隊長が思案した末に出した結論が、空挺やレンジャー出身の男性隊員でさえ音をあげるといわれる特殊部隊行きだった。

――中央特殊救難隊。

統幕監部直轄の最精鋭たる中央即応集団、その隷下部隊の一つである。

救難隊の名称が付されているものの、その実、特殊作戦群同様に有事や災害派遣において真っ先に派遣され、通常戦や対ゲリラ戦はもちろんのこと、核、化学、生物戦とおよそ考えられうるありとあらゆる現代戦に即応対処できる。

こうした敵味方入りまじる戦場で、その戦闘能力をいかんなく発揮しつつ、味方の救難救助活動をおこなう、いわばコンバット・レスキュー部隊である。

毎年、陸海空各自衛隊の救難隊や各部隊から多くの志願者が殺到するが、適性試験を兼ねた三週間に及ぶ過酷な選抜訓練をクリアできる者は七パーセントにも満たない。三自衛隊特殊部隊の最高峰とされる「特殊作戦群」にも劣らぬ厳しさである。

空挺やレンジャーのように、単に頑強な肉体と鋼《はがね》のような精神力があれば合格できるというわけではない。作業能力テストと称される知能テストのほか、一般教養や各志願者に応じた専門知識の程度も考課の対象とされる。

三田三曹は、ここでも屈強な男性隊員に混じって、見事にその難関を突破した。部隊設置以来、WACとしては初の快挙だった。

それでもこうした秘匿性の高い部隊にあっては、彼女の名が部内の機関紙にも載るようなことはなかった。藤堂一尉の目にとまりACUへと移ったのちも、それは変わらなかった。

ただ、いくら活躍しても世間の日の目を見ない場所こそが、彼女のもっとも安住できる場所でもあった。そう、なんら損得勘定のともなわない「人助け」こそが彼女の、いや三田という隊員の天職であった。

二〇一九年三月

茨城　航空自衛隊第五〇七飛行隊

朝早く、ムーちゃんがいつものようにロッカー室で着替えていると、遅れてやってきた、まこっちゃんが「おはよう」でも「おっす」でもなく、奇妙なことをいいながら声をかけてきた。

「よお、ムーちゃん、不思議なことがあるもんだな。オレさあ、きのうはじめて幽霊ってやつを見たわ」

「幽霊？　バカなこと、いうのはやめろ。飛べなくなるぞ、中野《なかの》」

ムーちゃんこと六車純也《むぐるまじゅんや》は、いつもは、まこっちゃんと自分が呼んでいる中野誠《まこと》にそう告げると、真顔を崩さなかった。

二人とも航空自衛隊の幹部で、階級はともに一等空尉（一尉）、高校卒業後に進んだ航空学生（航学）の同期だった。

歳こそ三〇歳と三一歳の違いがあったが、それも数か月のことだ。ただ大きく違っていたのは、六車がすでに妻帯者であるのに対して、中野はまだ独身で、彼女はいるものの本人に結婚の意思はないことだった。

「まあ、そういうだろうとは思ったが、幻覚でも錯覚でもなく、たしかに自分のこの目で見たんだからしかたないだろ。

医官に申告するつもりはないが、バディーのおまえには、いちおういっておいたほうがいいだろうと思っただけだ」

「ああ、でも、もしオレが医官にチクったらどうするよ。相方が、なんかおかしなこと、いってますって」

「いやあ、幽霊見たっていったくらいで、いくらなんでもドクターストップにはならんだろうよ。それよか、飛んでる最中にUFO見ましたって報告したほうが、よっぽどやばいだろ。あと、エイリアンが話しかけてきます、とかよ」

笑みを浮かべ、冗談まじりにそういう中野一尉を見て、頬の緊張を緩めた六車一尉は、相方よりも自分自身を納得させるかのごとく告げた。

「まあな。それもそうだが、UFOかなんか知らんが、あんなもんは、しょっちゅうじゃん。べつに空幕（航空幕僚監部）のお偉いさん方も、知ってててスルーしてるって感じだしな。

　現場のP（パイロット）にさ、おまえら、いらんこというてくれるなよと、結局そういうことだろ。

　実際、うちらのまわりでも、UFO見たっていってクビ切られたPがいるなんて話さ、聞いたこともないし。うちらみたいに見てるやつがけっこういてもさ」

　六車と中野が所属する第五〇七飛行隊は、空の作戦を掌握する航空総隊直轄の偵察航空隊であった。茨城県の百里基地に置かれ、まもなく除籍されるとはいえ、いまだRF‐4EおよびRF‐4EJ偵察機が配備されており、前者は無武装、後者は機関砲を備えている。

　おもに機体に積んだ昼夜撮影可能な高性能カメラで上空から地上の様子を撮影し、そのフィルムを持ち帰って基地で現像、プリントアウトして様々な分析をおこなう。いまなお同機のカメラはフィルム式の光学カメラを使用しており、撮影には技量を必要とする。

　それは、たとえば有事ならば敵地上部隊の敵情であり、平時ならば大規模災害の被害状況である。一九八五年の夏、日航機が山中に墜落したときにも出動した経験を持つ。

　機体は一九五〇年代に開発され、六〇年代に配備された米海軍の空母に搭載するF‐4ファントム艦上戦闘機を原型とするが、空自では一九七四年から配備され、戦闘機、偵察機ともに同型機の多くが国内でライセンス生産されたものだ。

すでに新型機とはいえないものの、高い実績を有する機体であることに変わりはなかった。

この機はタンデム型、すなわち二人乗りで、前席に操縦を担当するパイロットが、後席に航法やアビオニクス（航空電子機器）を担当するナビゲーターが乗る。そして、両者の息がぴったりと合うことで、はじめて高度な空撮が可能となる。中野はパイロット、六車はナビゲーターである。

その日は訓練飛行の予定もなく、二人にとって退屈な一日になるはずだった。

突如、基地内にけたたましいサイレンが鳴り響き、同居する三〇二飛行隊のアラート機（常に発進できる準備を整えた機）であるF‐4EJ戦闘機二機に、スクランブル（緊急発進）がかかったのは、二人が昼食を終えてくつろいでいるときだった。

偵察飛行隊に配属される前には二人にも経験があるが、アラート機の搭乗員というのは、ひとたびシフト（勤務）につくと二四時間まったく気が抜けない。

サイレンが鳴れば、待機所から二〇秒ほどでハンガー（駐機所）へと駆けつけ、そのままアラート機に乗りこみ、二分以内に発進させる必要があった。警戒レーダーが捉えた領空侵犯のおそれがあるアンノウン（国籍不明機）に、いちはやく対処するためだ。

ただ、たびたび姿を現すアンノウンも、たいていは中国やロシアの軍用機で、こちらの出方を知るための偵察や訓練が目的であることは、空自の側でも当然ながらわかっていた。

それでも、あえてスクランブルで応じるのは、こちらの練度を相手に示すとともに、領空侵犯は絶対に許さないという意思を伝えるためだ。

だが、その日は少し様子が違っていた。

「房総半島の二〇〇キロメートル沖の上空で、峯《みね》岡山《おかやま》のレーダーがアンノウンをピックアップしたが、三〇二空のスクランブルでは確認できなかったそうだ。

すでにレーダーでもロスト（消失）しており、海上へ墜落したか不時着した可能性が高いとして、うちのほうに現場確認の指示が出た。これからすぐですまんが、君らに頼む」

隊長の話は理解できたが、やっかいな任務になりそうなことは否めなかった。

「ヒャクリタワー、キュードス　ジィロワン、レディー　フォー　ディパーチャー（百里基地管制塔、こちら空自偵察機、離陸準備完了）」

二人が搭乗するコールサイン「KUDOS　01」（RF‐4E　59‐6817号機）は、それから三〇分も経たないうちに現場の上空に達していた。

キュードスとはギリシア語源で「栄誉」や「威信」の意だが、その名のごとく偵察飛行隊の威信にかけても、二人はアンノウンの正体が何か解きあかすつもりだった。もし空振りで帰るようなことになれば、それこそ名折れとなる。

「ムーちゃん、どうだ、なんか見えるか？」

ヘッドセットを介してそう問う中野に六車は、

「いやあ、ネガティブコンタクト（視認できず）。レーダーにもいまのところ、反応がないわ」

と答えるしかなかった。

実際、現場の上空を高度を低くしたり高くしたりしながら何度か旋回して、空と海をたんねんに見まわしたが、目視でもレーダーでも何も捉えることはできない。

「ラアジャッ（了解）」

中野が、やっぱりなという感じでそう返すのを待ってから六車は提案した。

「念のため、ダメもとでIR（赤外線撮影）で海面をさらってみる？　墜落したのなら、まだそう深く沈んでないかも」

RF‐4Eには、光学式の高性能カメラや機上レーダーのほか、物体が熱を発する際の赤外線を捉えて画像化できるIR装置が搭載されている。

「そうだな。IR、了解」

機体を大きくゆっくりとバンクさせて海面の広い範囲をIRで一度捜索し、二度目の捜索に移るために態勢を立て直そうとしたときだった。

おそらくは機の上方、それも六時か七時の方向といった斜めうしろの数十メートルか一〇〇メートルも離れていないところで、爆発音がしたかと思うと、カメラのフラッシュのような白い光線が機体を一瞬照らした。

突然、いくつものアラームが鳴りだし、六車の前にあるコンソールの計器パネルの表示がめちゃくちゃに点滅したり、ありえない数値を示したりするようになった。

それは前席の中野も同じようで「おかしいぞ！」と一度発してから、すぐに、

「デクラアリング　エマージェンシー、オフサイド、ディシズ、キュードス　ジィロワン、メイビー、イーシーエム（異常事態発生！　司令所、こちら偵察機、敵のECM・電子妨害と思われる）」

と発した。

だが、幼少のころに一度目にしたテレビの砂嵐のようなザーッというノイズが混じり、はたして司令所まで無線が届いているかどうかは疑わしかった。

ノイズと人工的な不協和音で騒々しい機内にあっても、六車には中野のことばがヘッドセットを通じてはっきりと聞き取れた。

オフサイドとは、埼玉県の入間基地に置かれた

空自中部方面航空隊防空司令所のコールサインである。

そこは、文字どおり担当区域内における領空侵犯への対処や航空作戦を指揮し、スクランブル発進した戦闘機、作戦機の誘導や指示をおこなう司令所であり、ＤＣとも呼ばれる。

そのＤＣに遭難を示す国際緊急符号の「メーデー」を発しなかったのは、中野がまだ自分の腕で機を制御できるかもしれないと考えているからなのだろうが、六車のそうした期待を裏切るかのように、それから数秒と経ずにすべての計器がダウンし、同時に二基の強力なエンジンも停止した。

「アンコントローラブル（操縦不能）！」

風を切って機体が落下していくなか、無線はすでに通じないと知りながら中野がＤＣへそう告げたとき、六車は、これはもうベイルアウト（緊急脱出）しかないだろうと思った。

ＲＦ‐４Ｅは前席後席ともに射出座席となっていて、緊急時にはキャノピー（窓）を開放し、座席下のロケットを噴射して席ごと上空に飛び出すことができる。その後、すぐ自動的に座席から切り離された人間だけが落下傘で海や陸へと達し、味方の救助を待つのである。

しかし、このベイルアウトも万全というわけではなく、かなりの危険がともなう。制御不能となった機体は安定せず、射出のタイミングをまちがえばキャノピーで頭を強打し、失神どころか死に至ることもある。

特にタンデム型の航空機の場合には前席後席が別々に脱出する必要があるが、それもやはり射出のタイミングをまちがうと空中で衝突したり、ロケットで火傷を負ったりという事故につながりかねないのだ。

一秒、二秒、三秒……機体は急速に降下していく。もはや役に立たない高度計には目もくれず、六車はキャノピー越しに頭を振って外をぐるりと見まわしてから、自分の経験と勘で、すでに高度三〇〇〇フィート（約九〇〇メートル）を切っているようだと判断すると「ベイルアウト」といいかけて、ハッとした。

――なんだったんだ、あの光は？　いったいどこから降ってきた。まさか戦術核ってことは……それなら放射能まみれの海へ脱出したところで、どのみち助からないだろう。いや、それでも……。

六車が、再びベイルアウトの最初の三文字をいいかけたときだった。

突然、計器のどれかがピッという音を発したかと思うと、次に力強い振動で機体が身震いして、エンジンに点火したことがわかった。

――まこっちゃん、さすがだわ！

六車は中野が機体を回復させたのだと思った。

機首を下に向けて大きく旋回しながら急降下していた機体に強いGがかかり、RF‐4Eは一分もしないうちに、水平飛行へと姿勢を戻して安定した。

「サンキュー、まこっちゃん、やっぱいい腕してるわ」

「いや、オレじゃない。こいつ（機体）が勝手にリカバリーしたんだわ」

「いやあ、まこっちゃん、冗談きついって。そんなわけないだろ」

基地へ帰投する機内で、六車はそれ以上深くふれなかった。一度停止したエンジンが、人の手を経ることなく勝手に再始動するといったことがありえないのは、むろん中野も十分に知っているはずだ。

そのためにパイロットは、空中でのエンジン再始動の訓練もおこなう。にもかかわらず、その中野が理屈に合わない話をしているということは、それもまた彼自身が一番わかっているに違いないのである。

航学当時に知りあい、途中一時期、部隊が違うこともあったが、かれこれ七、八年にもなるつきあいのなかで、六車には中野の気性や考えもわかる。

だが、周囲の人間はどうか。同じ偵察飛行隊の同僚や友人と見ることはあっても、自分らのように、互いの命を預けることができるほどの信頼感はないだろうと六車は思った。

「幽霊やUFOを見たと話すようなパイロットなら、ストレスや精神を病んだことから自分で機体の異常を引き起こし、自分で回復させるという自作自演に及んだのだろう」

そう考えるような者がいたとしても、おかしくはない。

中野は「メーデー」すら発しなかったが、緊急事態が発生したことを無線で告げている。それが司令所に届いていたとすれば、原因についてはもちろんのこと、その緊急事態をどうやって切り抜けることができたのかも、深く問われることになる。

緊急事態の無線や信号は、それが最優先としてあつかわれる反面、むやみに発することは電波法違反となるからだ。いずれにしろ、上から正確な報告が求められるはずだ。

結局その日、アンノウンについては何も手がかりを得られなかったものの、六車と中野は死に直面しながらも、愛機とともに無事基地へと戻ることができたのだった。

数日後。

「こいつは仮定の話というか、ほとんど妄想みたいな話になるが、もしあれが中国のステルス機によるものだったとしたら、あの光は、やっぱり殲《せん》11あたりが装備したとかいわれてるＭＲやらＬＲ（長距離空対空ミサイル）ってことかな」

同僚のめずらしく真剣な物云いに、六車も茶化すことなく答えた。

ステルス機自体がこちらのレーダーで捉えにくいというのに、そこから射程一〇〇キロメートルを超えるようなＡＡＭ（空対空ミサイル）を発射されたのかもしれないのだ。

ＥＣＭの原因ははっきりしていないが、至近弾でも機にあれだけの影響があったということは、かなり強力なミサイルとも考えられる。

うわさには聞いていたが、ほんとうに中国空軍にそうした能力があるのなら、日米協同による日本の防空、制空にも大きな脅威となる。

「ああ、かもね。フレア（赤外線追尾ミサイルを欺瞞《ぎまん》するデコイ・妨害装置）じゃないことはすぐにわかったけど、レンジ（射程）の長いやつだったから命中しなかったって考えれば、あの日、俺たちがついてたのはたしかだな。

あれが近場から撃たれたスパローやガラガラヘビ（サイドワインダー・ミサイル）だったらと思うと、ぞっとするけど。それよりも、プラットホーム（敵機）がぜんぜん見えなかったことのほうがやばいよな、やっぱり」

中堅パイロットとはいえ、すでにベテランの域に達しようとしている二人にさえ、見えない敵が放った武器の正体はわからなかった。

第3章
ブラック・オペレーション／非公開作戦

二〇一九年秋
兵庫相野　防衛省特殊作業部

恐怖は、この闇ではない。密林とも違う。そこに銃を手にした獣がいたとしても、山岡にとってそんなものは敵ですらなかった。

予想外の事態、偶発的なできごとのなかにこそ、真の恐怖は存在する。山岡は、そうした恐怖を克服するプロフェッショナルでもあった。

冷たいというよりは、凍てつくといった感じの風が頬を叩きつける。

地上から七五〇〇メートルの上空は氷点下の世界だが、時速二〇〇キロにも達する速度でまっさかさまに落ちていくことも、この男には一つの快感にすぎない。

亀の子のように、両手両足を四方に伸ばして姿勢を安定させ、なかまうちでは「ムササビ」と呼んでいるジャンプスーツの両の羽を広げるといくらか速度が落ちるが、少しでも気を抜けば、熟練の猛者《もさ》でも、たちまちバランスを崩してしまう。

そうやってくるくると舞い落ちる体を自力で制御できなければ、ついには気を失って、あとは背負った落下傘の主傘《しゅさん》を、所定の高度で自動的に引きだすAAD（自動開傘装置）に、いちかばちか身をゆだねるほかない。

だが失神したまま着地すれば、不開傘による墜落死はまぬがれても、ときにはやはり死や大けがをまねく。

　高低の立ち木が生いしげり、大小の岩石が剥きだしの荒地がDZ（ドロップ・ゾーン）、すなわち降着点である場合には、しっかりと覚醒していても、そうしたリスクを負うのである。

　High Altitude Low Opening の頭文字をとったHALO（ヘイロー）では、まず上空三〇〇〇メートル、五〇〇〇メートル超の高空を飛ぶ航空機から一人もしくは数名で飛びだす。

　次に、そのままただ引力にまかせて落下していくのではなく、手足を使って姿勢を制御し、生身のグライダーと化して目標のDZにできるだけ近づく。

　そして腕にはめた高度計が、高度七五〇メートルを示すあたりで、みずからの意思により主傘を引きだし、それを操作しながら、事前に定めた降着点へとピンポイントで降り立つことが要求される。

　その精度は上空一五〇〇メートルからの降下で、学校の運動場に記された直径五メートルほどの円内に両足をつける。つまり、体全体をすっぽりと収めるというものだ。

　上空一五〇〇メートルの濃緑色のヘリは、地上から見あげれば、昼間でも黒い粒状の点にしか映らない。

　逆にヘリから見れば、地上にある学校の運動場は指先ほどの広さである。スペシャリストたちは、その指先の中の粒ですらない円に向かって降下し、そこへぴたりと着地できるのだ。

　夜間の降下では、さらにその難易度は上がる。

　腕には高度計のほかGPSもつけており、自分の位置を数値によって知ることをできるが、結局は自分の目による地形確認が重要となる。

視野がかぎられる暗視ゴーグルで、地上の目標を的確にとらえることは容易ではない。

技術面でも非常に高度な降下法であるため、低空から集団で次々と降下する落下傘兵の中から選抜された者だけが、訓練を受けることができる。

山岡一尉は陸上自衛隊（陸自）の落下傘部隊である第一空挺団の隊員ではなかった。

たしかに、少し前までは陸自の制服幹部たる隊員の一人ではあったが、山岡の本来の所属は空挺団でもなければ、陸海空の三自衛隊中、最強最精鋭といわれる特殊作戦群でもなかった。

正確にいうならば、かつてそうした部隊にいたこともあるが、いまはそうではないということだ。

——防衛省特殊作業部（特作部《とくさぶ》）班長。

それがいまの山岡の補職だったが、この職にある間、山岡はいったん自衛官としての身分を解かれ、防衛省職員へと転身させられることになった。

特作部は公にはされておらず、防衛省内部でも知る者はかぎられている。山岡にしても、防衛案件に絡む特殊な事案や問題に対処するということしか聞かされていない。

任務は、そのときどきに上長から与えられるが、これまでその多くは諸外国軍の戦術や作戦についての分析であるとか、ターゲットに対する探偵まがいの尾行、撮影、行動確認といったものばかりだった。しかも、自分がなぜその任務を課せられたのか知らされることもない。

それでも、二尉のころから特殊作戦群に五年いた自分がここへと配属されたのは、訓練中に負ったケガのことだけでなく、過去に培ったノウハウをここで生かせということなのだろうと、山岡は考えていた。

そうやってすでに三年になるが、次いつまた自衛官として復職することになるのかは、山岡にもわからなかった。

高度一〇〇〇メートルを切って、山岡は通常のラウンド型（丸型）とは異なる長方形のスクエア型主傘をたくみに制御しながらDZを探した。

ラムエア型とも呼ばれ、長方形というよりは飛行機の翼にも似たそれは操作性にすぐれており、着地したときの衝撃も少ない。

防衛商会（実は防衛省情報本部近畿通信局）の社員（実は自衛官）の一人が、その場所（DZ）で赤外線発光ライトを明滅させているはずだ。

——確認！

山岡は声には出さず心の中で発すると、二時の方向へと傘を誘導した。

肉眼ではわからないが、微光や赤外線を捉えて映像化する暗視ゴーグルには、はっきりと映る。

頭を振って周囲を見やると、ところどころにいならぶ灯かりで、山麓の遠くには集落や町があることもわかる。

ゴーグルの中は緑と黒と白の三色だけの世界だが、特に明るく輝くものは緑がかった白光となり、他は緑と黒のモノトーンで、一キロメートル超の風景も白黒テレビなみの画質で克明に描出する。

微弱な光をイメージ・インテンシファイア（蛍光増倍管）で増強することにより、目に捉えることができる像にするのだ。

ハイテクはハイテクだが最初のモデルは、すでに第二次大戦当時にドイツ、アメリカで開発されている。

一九六〇年代のベトナム戦争あたりから本格的に使われるようになったが、一九九一年の湾岸戦争において、過酷な戦場でも実用に耐えうる第二世代の装置が登場することになる。

山岡がいまヘルメットに装着しているものは、

それより進化した第三世代で、片眼で捉える単眼式だが小型軽量、夜間射撃の照準も可能とする。

DZは古跡、山城のあとで鬱蒼とした草木で覆われた山の頂にあった。

標高三〇〇メートルであることから、開傘時の実際の高さは七〇〇メートルもないことになる。

山頂のわずかに開けた城跡にうまく着地できず、山林にでも突っこめば、任務遂行どころか負傷して救助されるはめにもなりかねない。

失敗はできなかった。

そこから相野町内の殺人放火事件が起きた集落（地区）までは、直線距離で南におよそ五〇〇メートルほどだが、山岡たちが目標とする山中の小屋までは、北に二キロメートル以上もある。

当初は山道を頼りに進むが、途中からは道なき道を迂回するため、実際の行程はその一・五倍から二倍近くになるはずだった。


相野町には、ぜんぶで五つの集落がある。

山に分け入る前に、近傍のべつな集落の舗道を進めばはるかに楽だが、それではすぐに敵に気づかれる。

敵の実勢は定かではなく、どのような手段を用いたのかもまだよくわからないが、近隣住民の中にシンパを置いて情報網を作りあげたことは、防衛商会のほうですでに調べがついていた。

それでなくても、この辺はどこの集落も住民同士がみな顔見知りといった感じで、人でも車でもよそものが入ってくれれば、すぐに知れわたる。

入居する建物は替えたものの、爆破事件からわずか一か月で人員、体制を立てなおした京都の防衛商会は、それより前から相野町に人を送りこみ、本社（防衛省情報本部）からの指示どおり情報収集をおこなっていた。

現地では、被害者らの保険請求にかかわる保険会社の調査（員）というふれこみで活動したが、敵やシンパがそれを信じたかどうかは疑わしい。

　本社のほうでも、まだはっきりとは京都の事件と相野の事件に関連があるとは結論づけておらず、とりあえず北朝鮮潜入工作員の影が濃く感じられる相野の件について、白黒をつけたいといったところなのだ。

　地元の警察は事件から六日後、殺人放火事件が起きた相野町上山《かみやま》手《で》の里山にひとりで潜んでいた容疑者の男を逮捕したことで、すでに事態の収拾を図りつつあった。

　男は捕らえられてすぐに犯行を自白し、単独犯であることも判明していた。

　被害者らと同じ上山手の住人、安見満成（六二歳）が凶行におよんだ原因は一〇年以上にもわたる近所トラブルだった。

　ただし、地元署や兵庫県警とはべつに情報を収集していた警察庁外事情報部は、いくつかの疑念をぬぐえずにいた。

　そのため犯人逮捕後も配下の外事課から人を出し、相野町全域を対象としたテロ関係の情報集めに奔走していたのである。

　六人の被害者のひとり、内中孝次郎（七三歳）が大阪の私大生のころに日本赤軍に加わっていることを、警察庁は把握していた。

　内部抗争のはてに傷害事件を起こして大学は除籍となり、組織にも警察にも追われ、数年間、逃げまわるように各地を転々とし、三〇歳を過ぎてから、当時はまだ村だった郷里の相野へひっそりと戻っている。

　赤軍くずれのいわば半端者で、幹部でもなかった内中に当時、公安のマークがつくことはなかったが、警察庁からの指示により地元署では、要注意人物としてリストアップされていた。

稲を育てて畑を耕し、集落の地区長を務めるまでになった内中は、「思想」とは縁を切り、すっかり足を洗い、孫まで授かって地道な日々を送る好々爺《こうこうや》のはずだった。

事件後、兵庫県警から内中殺害の知らせを受けた外事課はすぐに動き、地元署が事件に着手した翌日には独自の捜査を開始したが、その際、現場にいた自衛隊中央情報隊（ＭＩＣ）の調査員と遭遇することになった。

実は警察庁は外事課が動く前から、自衛隊が相野町で内中を「対象」とした監視活動をおこなっていることを把握していた。

自衛隊というか防衛省の情報筋というのは、防衛庁の時代から警察庁とは切っても切れない関係にある。

警察庁は旧軍クーデター、すなわち二・二六事件を教訓に、自衛隊創設当初より、いわばそのお目付け役として「新軍」上層部の監視にあたることになったのだ。

特に陸自は、もともと警察予備隊として発足した経緯もあり、山岡や防衛商会の本社（情報本部）の前身ともいうべき陸上幕僚監部調査部にも、代々自衛官ではなく警察庁の幹部が部長として君臨していた。

ましてやテロリストだの過激派だのの監視は、公安警察のお家芸であり、その縄張りを自衛隊が荒らすことなど、過去には考えられなかった。

だが国際化の波に、いやおうなく呑みこまれることになった現代日本においては、警察の外事や公安だけではとうてい対処しきれない。

それでなくとも、この方面の予算や人員は足りないのである。そのため少なくとも防衛関連の案件については、自衛隊みずからも取り組む姿勢が求められることになった。

一九九七年のＤＩＨ、すなわち防衛省情報本部の創設も、そうした流れによるものであった。

安見がテロをも想起させる事件を起こしさえしなければ、警察庁はそのままＭＩＣの監視活動を看過しているはずだったが、そうはいかなくなった。

「内中関連の調査は今後、警察庁のほうで引き継ぐ」と、自衛隊側へ直接告げはしなかったものの、現地にいたＭＩＣの調査員の身柄を、地元署の山狩りにより「不審者」としていったん拘束させ、すぐに東京の本庁へと移したのも、自衛隊側へ「本件の担当は変わることになった」と釘をさすためだった。

むろん、それだけでなく、ＭＩＣがそれまで集めた内中に関する情報を引きだす目的もあった。

いい迷惑だったのは調査員だ。上官からは、ただ「内中を監視せよ」との命令しか受けていなかった彼は、なぜ監視していたのかと警察庁の公安課からしつこく訊かれても答えようがなかった。

たとえ事前に詳細を知らされていたとしても、答えてはならなかったし、また答えなかったはずだ。そのように訓練されているのだ。

だいいち、防衛省とのパイプを有する警察庁幹部が相野の事件前に把握していたのは「自衛隊の情報部門が元日本赤軍の過激派分子を監視中」ということだけで、それ以上のことは知らなかった、というより関心がなかった。

それに防衛省と警察庁に、むかしから一部のつながりがあるとはいえ、べつに組織間で緊密な連携がなされているわけではない。

むしろ情報関係の組織というのは、互いの縄張り意識が強く、仲介者や調整役ぬきで情報が共有されるケースのほうがまれといえるほどだ。

外事情報部でも「情報収集訓練の一環だろう。

あるいは自衛隊の高級幹部か関係者との接点があるかどうか確認しているのだろう」といった程度の認識であった。

しかし実際には、四〇年を経て内中が自衛隊の監視対象とされたのには、それなりのわけがあった。

内中の息子で神戸に住む三男の康孝（三六歳）が、父親を仲介役として中国に海上自衛隊（海自）の新型潜水艦に関する情報を流している疑いがもたれたのだ。

康孝は地元の高校から大阪の国立大学へと進学し、卒業後は海自艦艇の建造で歴史と実績をほこるミツイシ重工神戸造船所に就職、ながらく設計部門に配属されていた。

勤務態度は良好で妻子もあり、休日は近場での釣りを楽しむという、はためには平凡なサラリーマンにしか見えない男だった。

それがひそかに父親と共謀して、国の機密情報を売っているというのだ。

ＭＩＣが警察庁にさえ提供しなかったそうした貴重な情報を、本社（情報本部）に提供したのは、京都の防衛商会近畿支所、つまりは自分たち（自衛隊）の身内が、得体のしれない敵の攻撃により重大な被害を受けたからにほかならなかった。

自衛隊の各情報部門は一部で警務隊とも連携して、幕僚監部、防衛技術研究所、主要部隊司令部、潜水艦隊、航空基地などの要所にマンパワーによる防諜の網を張りめぐらしている。

とりわけ防衛産業と接点のある部署では監視の目を強化して、出入り業者や企業人、あるいは外国人などとの接触の多い高級幹部の動向は、常時把握できる体制が敷かれている。

疑わしい素行や言動が見られれば、監視「対象」として私服の隊員が二四時間張りつくこともある。

対象とされる側や要所にいる隊員たちも、そうしたことは十分承知しているが、そばにいるだれが自分たちの監視や警務活動をおこなっているのか、わからないようになっているのだ。

それは、ときに正規の辞令を受けて配属されてきた新任の上官や同僚隊員であったり、ときに始終駐屯地に出入りしている業者の一人であったり、ときに部外者であるはずの語学講師や資格講座の講師であったりする。

そういう人間が、まさか自分をひそかに監視しているなどとは、ずっと民間人であった康孝には考えもつかなかったはずだ。

ただ、康孝は企業に勤める設計技師であると同時に、目下は予備自衛官補（予備自補）から訓練を経て任用された予備自衛官（予備自）でもある。

ふつうは自衛隊を退職した者が、予備自や即応予備自になる場合が多いが、これとはべつに予備自補の試験は、自衛官経験のない一般人も対象としている。

技能と一般の二種のいずれかを選んで採用試験に合格し、その後、本業を続けながら所定の集合訓練を何度か受けて基準に達すると、予備自衛官として防衛省に登録、任用されるのである。

徴兵制が難しい日本では、有事の際に万が一、兵力が大きく減ずるようなことがあれば、とたんに手当てができなくなる。

そのため、万一の場合に自衛隊のおもに後方支援を担当する人材を登録しておくことが急務とされた。スイスほか多くの先進国にも、古くからこれと似たような制度がある。

艦艇の電気設備関係の設計を任されている康孝は、アナログ・デジタルの工事担任者や無線技士などの国家資格を有している。三年前に技能の中の「通信」区分で受験し、筆記、口述、適性、身体検査のすべてをクリアして見事合格をはたした。

とはいえ、その後に受けた訓練は二年間でわずか一〇日ほどにすぎず、しかも艦艇とはかかわりのない陸自隊員としての基礎の基礎を教わったにすぎない。佐官、将官といった高級幹部とは異なり、本来なら監視対象とはならないようなランクの「兵」である。

志願の動機は、海自艦艇の仕事をするうち自衛隊に興味がわいたというもので、それなりに筋は通っているが、ならば、なぜ陸兵の訓練しかやらない予備自補だったのかとの疑問はぬぐえない。

たしかに海でも陸でも「新兵さん」に共通する訓練もありはするが、基本的に海空では敬礼のしかたから違うのだ。呼称や部内の制度なども異なるものが多い。そもそも隊員のカラーや雰囲気からして相当に違う。

康孝が仕事を通じて知っているのは海上自衛官のそれであって、陸自隊員との接点はほとんどない。

これまで入場フリーである近場の駐屯地パレードをのぞきに行ったこともなければ、陸自のメインイベントともいえる年の一度の総合火力演習（総火演）の見学経験もなかった。

これはミリオタのみならず、入場券の入手が困難になるほど一般にも非常に人気の高い陸自戦闘訓練の、いわば一大ショーである。

――陸自には関心がなさそうなのに、陸の訓練しかおこなわない予備自補に興味関心を持った理由はなにか?

しかし、「未経験の一般人大歓迎」を旨とする自衛隊の面接担当者が、口述試験の際にそこまで突っこんだ質問をするようなことはなかった。

陸《りく》だろうと海《うみ》だろうと、あるいは、それが空《くう》であったとしても、まずは外の人間にも自衛隊に興味関心を持ってもらうこと、体験してもらうことこそが、内にいる者には重要なのである。

本人や近親者に過去に大きな犯罪歴がなく、また過激な思想団体や反社会勢力などとのつながりがなければ、身辺に関する審査もだいたいはパスする。

予備自補の試験にパスした康孝は、自衛隊にとってクリーンな人間のはずだった。

事実、自衛隊はこのときまでは、彼が一人の女にそそのかされて予備自になったとは知らなかったし、それが情報をリークするうえでの偽装工作であることも、見抜くことはできなかったのだ。

そう、「女」に監視の目が向けられていなければ、少なくとも自衛隊の情報サイドで康孝が浮上してくることはなかったし、父親の孝次郎に監視が及ぶこともなかったのである。

山岡は一週間ほど前に、口頭やファイルなどによって本社（情報本部）で受けたこれらの説明を、自分の任務内容とともに完全に頭にたたきこんでいた。

そして、航空機を離れてから数十秒の間に、フラッシュバックするかのごとく瞬時にそれらを反復したのち、いよいよ最後の着地へと集中した。

ここで失敗すれば、本社からの命令受領後に一週間かけて練った計画は、すべて水泡に帰すことになる。

山頂のＤＺまで一五〇メートル、海抜でいえば高度約四五〇メートルといったところだ。

降下速度の速い丸型傘なら、特殊な衝撃対処法（受け身）をとらなければ大けがをすることになる。落下傘兵をめざす新人は、その受け身のノウハウを体得するためだけに、何週間も訓練を重ねるほどだ。

もちろん山岡には慣れたものだが、突風にあおられるか失速でもしないかぎり、ゆるやかな降下が可能なスクエア型にはその心配はない。

ただ、恐怖というのはたいてい突然やってくる。あと五〇メートルでタッチダウンというとき、いきなり西からの突風にあおられて、山岡は空中で地面と平行になるほど体を倒され、あやうくそのまま流されそうになった。

あと二、三〇メートル引きずられたら、おそらく太い幹の立ち木へ激突するか、無数の枝葉に体中を削がれることになる。

わずかにアドレナリンが体内をめぐったものの、山岡は動じなかった。恐怖を克服するとは、つまりはそういうことである。

訓練とこれまでの経験を生かして、山岡は瞬時に傘を旋回させながら、自分の体を明滅するライトの発光点へと照準する。

その数秒後、山岡は発光点から何メートルも離れていない位置に、黒い戦闘靴をそろえるようにして着地した。

一般向けの駐屯地開放行事のように、昼間の大勢の観衆のもとであれば、拍手喝采の中にあったはずである。

山岡の任務は、康孝と女の背後にいる「輩《やから》たち」のアジトを特定することだった。昨年来、特定の国のこうした組織やグループが数多く跋扈《ばっこ》しているとの情報を、公安はもちろん、警察と自衛隊においても共有していた。

ただ、つきとめたあと上層部や国がどのように対処するのかは、山岡には知りようもなかった。万一の際に警察、自衛隊のどちらが事にあたるのかさえも知らされていない。

いずれにしろ、自衛隊は警察が把握していなかった女の線を独自に洗う過程で、その背後に中国の工作機関の存在があることをつかんでいた。

むろん、相手は裏からも表からも、こちらが接近することが容易ならぬプロフェッショナルたちだ。場合によっては追う側が、さらに大きな痛手をこうむるおそれもある。

現に表沙汰になっていないものの、過去、別の事件から彼らに近づいたと思われる大手新聞のベテラン記者が、突如失踪していることも山岡らは把握していた。

日本人拉致の朝鮮当局とは比較にもならないような大きな組織力だ。心してかかる必要があることは山岡も十分承知していたが、一方で、彼にはそうした任務を達成できるとの強い自負心もあった。

特戦群での高度な訓練や教育を修了し、部隊に配属されて以降も、新たにその種の訓練を受けていたのである。

だれにも知られることなく、暗夜ひそかに日本海を経て朝鮮、韓国、あるいはロシアへと侵入し、港湾に停泊中の艦船を撮影してこいとの命令を受ければ、即座に行動に移すことができる。

あるいは日本人商社マンに扮して上海へと飛び、中国の要人や工作員と密会する日本人実業家の行動をつぶさに調べてこいとの命令にも応えることができる。むろん、その際に中国の公安当局者や警察、工作員等から目をつけられることもない。

事実、山岡は降着後四八時間以内に、山中に巧みに隠蔽されたアジトをひそかに発見し、その位置やおおよその規模を本部へとあげた。

「ああ、ここだ、ここだ。ここですね、きっと。おそらく、まちがいないでしょう。はい、ついにやりました。いまの時間は、ちょうど昼前。あと五分少々で一二時になろうかといった感じです。

ああ、ついに来ましたよ。えー、以前、人づてに聞いていた関西の山深くにポツンと存在する謎の小屋へと、ついさきほど到着しました。

廃墟というよりは、どちらかというと長いこと使われていない作業場？　倉庫かな。そうですね、倉庫のような感じですが、では、さっそく外観から見ていきたいと思います」

山岡は当初、身を隠した位置から一帯を十分に観察したのち、小屋へと近づきビデオカメラを作動させながら、ひとりでそうセリフを吐いた。

それは一見、山中によく見られる資材置き場や倉庫のごとくに装われていたが、随所に不審な点があった。

ただの資材倉庫なら、なぜ上空から識別されないような偽装が施されているのか。また、倉庫の近くには建築資材らしきものが置かれているが、車道へとつながる道も、軽トラックならどうにか通れるほどであるにもかかわらず、車が通行できないかのように装っている。

素人の目には、朽ち木や穴などによって自然にそうなったように映るかもしれないが、陸のレンジャー他その種の訓練を受けた者なら、それが人為的になされたものであり、その後、時間を経て一部が自然の草木に覆われたことを看破できる。

おまけに、レンジャー経験者であっても見抜くことが難しいと思われるような隠しカメラまで設けてあった。むろん山岡もそれに備えて、近づく際には道に迷った登山者か廃墟マニアのごとくにふるまったのである。

特戦群でも民間人や特定の業界人そのものになりきるための演技指導が、外部の演劇講師や演出家らを招いて施される。それは山岡にとって、特戦群で受けたどの訓練よりも、ある意味難しく、また厳しくもあった。

ただ高級カメラを携え、それっぽい服装をしてもカメラマンを演じることにはならないのだと、上官でも自衛官でもない、そのいわば部外者から激しく罵倒されたこともあった。

　ホームレスになりきるために一週間、それも東京都内の公園だの河川敷だので野宿して本物のホームレスとも親しくなり、頭や股間にわいたダニの不快さを味わったこともある。

　講師のひとりは、演劇と軍隊は無縁のものではないともいっていた。軍隊や軍人による巧みな芝居は、戦場においてときに火力以上の力を持つと。

　事実、第二次大戦中のノルマンディー上陸作戦に際しては、連合軍による事前の徹底した芝居が功を奏している。それは英国中の劇作家や手品師、舞台装置係を動員してのものであったという。

　だが、こちらにそうしたノウハウがあるとすれば、日本国内に潜伏する敵もまた同じノウハウを有すると考えられる。

　あるいは野生動物捕獲の罠箱同様、その場所自体が日本の治安当局、捜査当局をおびき寄せるトラップ（罠）なのかもしれない。

　しかし、今回の山岡の任務は敵拠点の破壊ではなく、あくまでも極秘の偵察である。罠なら罠で、その罠の位置を特定することには十分な意味がある。

　また、敵がそのことを察知したとしても、それはそれで敵へのカウンターとなりうる。ここはすでにバレているぞ、わかっているぞとのメッセージを、こちらから送ることになるからだ。

　それでも敵の目や実際に仕掛けられているかもしれないブービー・トラップ（仕掛け爆弾や警報装置）といった罠を警戒して、山岡は細部まで探ることはしなかった。

　おそらくは内乱、撹乱を日本国内で扇動した際に、協力者を「兵士」へと仕立てるための訓練施設か、山中における活動の拠点であろう。

二箇所の窓は、内側から板が打ちつけられており、外から中を容易にうかがうことはできない。それでも戸や壁の隙間から、かすかに中の様子が見てとれる。

折りたたまれた簡易ベッドらしきものが数台に、机上には天井へとケーブルがつながる、おそらく通信機と思われる箱状のものが、上から雑にボロ布がかけられて置かれている。

確認はできないが、アンテナもどこかに折りたたまれて隠されているのだろう。大きさから判断して、通信距離は国外にも到達するに違いない。

ほかには、スコップや非常食の名称が記された段ボール箱や灯油缶のようなものもある。ふつうは外に置かれるはずのエンジン式の発電機が隅に置かれているのも見てとれる。

倉庫内か、あるいは地下か地中には武器、弾薬の類いも隠されているはずだと山岡は確信した。


こうした非公然のアジトが、いま日本の至るところに隠蔽されていることは、山岡らにはすでに常識となっていた。

それ以上に、隠蔽は隠蔽でもその真の実態を隠した公然の組織に対して、日本の治安当局は、これほど不穏な空気に包まれていても一切手出しできないということのほうが、山岡の目にはむしろゲリラやテロ以上の難事と映っていた。

関西では、ほかにも神戸の山中で男女二名が惨殺されるという事件が起きているが、この捜査にも自衛隊から人が派遣されていることを山岡は人づてに聞かされていた。

もっとも、それが幹候校（幹部候補生学校）当時の同期、藤堂一尉であることを山岡は知るよしもなかった。ましてや、その藤堂が、実は自分がかつて希望していた部隊の長であるとは思いもしなかった。

同二〇一九年秋
沖縄　陸自五一普連（第五一普通科連隊）挺身隊

人間のそれとは思えない奇声を発しながら突如走りだした一人の男を、五人の屈強な男たちは、その場で制することができなかった。

正気を失った人間というのは、ときに尋常ではない力を発揮する。自分を見失い、凶器を手にし、無関係の他人を、それも幾人もの人々を見境なく次々に殺《あや》めるということが、この平和な時代の日本においても過去、何度か起きている。

放置するわけにはいかなかった。万が一、男が山をおりて町へと向かへば、想像すらしたくない惨事を引き起こすかもしれない。本部に助けを求め、捜索隊を編成、準備したのち、時間をかけて捜索するというのでは遅いのだ。

——この状況なら、自分らを監視しているはずの教官連中が、きっと動いてくれるとは思うが。

みなをまとめる役を負う安永《やすなが》三尉は、獣と化した仲間の一人が藪の中へと消えいくのをぼんやりと目で追いながら、そう願うほかなかった。

いずれにしても、これは間違いなく訓練事故として、本部では記録されることになるだろうと安永は覚悟した。

陸上自衛隊（陸自）第一五旅団第五一普通科連隊の特設選抜レンジャー隊、すなわち安永挺身隊は隊長の安永三尉以外は、いずれも二〇歳から二〇代なかばの五名の陸曹からなる。

陸曹は陸上自衛隊の下士官であり、兵である陸士を指揮する能力を全員がすでに有している。新隊員（新兵）や入隊して二、三年ほどの陸士とは違う職業軍人、いわばプロフェッショナルの自衛官である。

　来年三〇歳になる三尉の安永隊長にしても、階級こそ幹部自衛官としては最下級ながら、陸曹から部内の幹部候補生試験を経て幹部になった叩き上げで、しかも陸曹時代に陸自最強といわれる空挺レンジャーの資格を取得している猛者であった。

　そうであるにもかかわらず、初任幹部教育を終えたのちには、すぐに陸自教育のメッカである富士学校の幹部レンジャー課程へと進み、三か月前に同課程を修了したという、まさにレンジャーになるべくこの世に生を受けたような男だった。

　だが、そうしたプロでも「行動」に際しては、必ず二名ずつの「組」いわゆるバディーを組んで、互いに相手の身を守る決まりとなっている。

　隊は日中、各自総重量五〇キログラム近くにもなる武器や装備を携え、およそ六時間、道なき道の山地を踏破したのち、予定より三〇分ほど遅れて集結地点に到着した。

　一時間もすれば日が暮れて、月明かりも届かない深い山中は、一メートル先さえも見えない闇に包まれるだろう。

　遅れは織りこみずみであったが、これから交代で見張りにつきながら、少しの仮眠をとったのち、すぐにまた行動へと移らなければならない。

　前日はどの隊員も一睡もしていなかったから、たとえ三〇分でも体を休ませることができれば、疲労は大きく軽減され、鈍った思考力も再び鮮明になるだろう。

　一組が見張りにつき、ほかの二組が休息につく。これを交代で一五分ずつ繰り返す。

　予定どおりに着いていれば、各組はあともう一〇分ずつ多く「夢の時間」を過ごすことができたはずだが、事後の行動を考えれば、あきらめるしかなかった。

ここからは、着替えや野営に必要となる品は残して、敵の襲撃に必要な武器、弾薬だけを手にすればよかったが、それでも夜のうちに山と谷をいくつも上り下りすることになる。

そうして夜明け前に襲撃発起地点まで進出、すぐに敵地を襲撃して再び集結地点まで戻り、そこで隊本部からの命令を待って離脱するのである。

いや、ほんとうに離脱命令が出ればいいが、そのまま次の任務が言い渡されることもある。

肩に食いこむバックパックは各自が背負っているが、昨日の昼以降、ひとりとして水や食糧を持つ者はいない。極度の飢えと渇きがおしかかるなかでも、この二日の間、合わせて三時間の睡眠しか取っていない隊員たちは、目を閉じた瞬間に眠りにつくことができるに違いなかった。

部隊を出て三日目、隊員たちが歩いた距離の総計は、すでに六〇キロメートルを超えている。しかもそのほとんどが、およそ平坦とは無縁の起伏の激しい山地であった。

行動開始の初日と昨日の二日間の食事はといえば、レトルトのパック飯たった一食だけ。水も一リットル強の水筒ひとつを持たされただけである。

快適な屋内で静かに寝転がっているだけならともかく、重量物がのしかかる体で山を歩きづめというのでは、まったく一日分にも満たない。

「よくない！　今日のおまえらは全員死んでいるっ。寝ない、飲まない、食わないがどうした。あたりまえだ。そういう訓練をやっている。

なーにが、精鋭レンジャーだ！　甘ったれるな！　いいか、有事に際して想定される某国のゲリラも、この程度の山地踏破は朝飯前である。

いや、踏破というよりは走破だな。そういってもおかしくない。そういう連中を掃討、殲滅《せんめつ》あるいは捕獲することが、おまえたちの任務、仕事になる。

いまのおまえたちのような半端な気持ちでは、とうていつとまらない。やる気のない者は、あとで教官に申し出ろ。いいか、以上」

二日目の昨日、その日の想定訓練を終えた挺身隊は、ヘリで視察に訪れた部隊長から、厳しい講評を受けることになった。

全部で七つから九つあるといわれている想定訓練は、少なくともあと六つは用意されているはずだ。個人ではなく挺身隊として、そのすべてを合格基準以上の成績でクリアしなければ、だれもこのレンジャー教育課程を修了することはできない。

いかなる状況下でも、任務の完遂が求められるレンジャー隊員には、その第一歩ともいうべきこの過酷な想定訓練も、当然ながら最後までやり遂げる必要がある。

戦闘で死傷者が出ない訓練とはいえ、実戦さながらの覚悟が隊員たちには、いや、いまはまだ訓練生、学生にすぎない彼らには求められた。それには、ともすれば愚痴や仲間への批判をこぼしがちとなる心身の極限状況の中でも、互いに励ましあい、信頼し、協力することが不可欠となる。

この訓練の真の目的も、そこにあった。各自が窮乏を克服すること以上に、完全にその隊の一員になりきることこそが、想定訓練を制する鍵となる。

「おい、しっかりしろ！　襲撃が成功すれば、水も食糧も支給されるはずだ。そうでなきゃ、みんな脱水であの世いきだからな。

いくら過酷なレンジャー訓練といっても、どこかの国と違ってだ、自衛隊が訓練で意図的に俺たちを殺すようなことは絶対にない。そんなことは、ありえない。だから、とにかくそれまでがんばるんだ！　それでとりあえず、ひと息つける。

いいな、ひとりも落伍することなく、今度もがんばるんだ」

口の中がヒリヒリして、安永三尉は余計なことはしゃべりたくなかったが、見張りの順番を指示する際、薄暗がりの中で部下たちを見まわしながら、そう告げた。

若いひとりの三曹のことが、特に安永には気がかりだった。その隊員は、口には出さないものの今朝から目をうるませ、動きも反応も極端に鈍くなり、もう限界ですと全身で発している。

——だが隊長というだけで、この俺が、仲間でもある部下の将来を左右することができるのか！ そもそも俺自身も、実際にはレンジャー指揮官としての訓練を受けている学生のひとりにすぎない。訓練開始前の階級がもっとも高かった、それだけのことだ。挺身隊の隊長としての適性があるかどうかもわからないというのにな。

周辺でずっと自分たちを追尾し、監視している数名の教官たちにもわかっているはずだが、本人が自己申告しない以上、安永としては、教官らに三曹の不穏なさまを告げるようなことはしたくなかった。

隊長の自分がそのことを教官にいえば、三曹は常に近くで待機している衛生科員だか医官だかの問診のすえに、よくて一時休養か次期まわし、最悪ならば病院収容か原隊復帰ということにもなりかねない。

原隊復帰ともなれば、それは、もうほとんど今後、彼がレンジャー有資格者としての栄冠を勝ち取ることができないということを意味する。

その一方で、自分で自分をコントロールできなくなった隊員を部隊が擁するようなことは、他の者を大きな危険にさらすことになりかねない。それは当然ながら、部隊を危うくすることと同じであった。

――やはり、本人に「早期受診」を勧める必要がある。

安永は、自身でも聡明さを欠くことがわかる頭を叩き起こすと、一個人としてではなく、隊長として決断した。

「レンジャー中山《なかやま》」

安永は声を殺しながらそう呼びかけたが、中山三曹は反応しなかった。

実戦において、秘匿性の高い任務につくことが想定されるレンジャー挺身隊の隊員たちは、その間は一時的に階級が付されず、全員が、ただ「レンジャー〇〇」と称されることになる。

「レンジャー中山、おまえだ」

もう一度呼んだが同じである。

「おい、中山、わかるか」

できるだけ声量を抑え、それでも眼前の相手に確実に聞こえるほどの声で安永はそう告げてから、三曹の肩に手を当てて小さく揺すってみた。

すると、それまで自衛隊用語で折りしけの姿勢、つまりあぐらをかいて頭を垂れていた三曹は、突然その場にすっくと立ちあがると、獣のような奇声を何度も発しながら装備や戦闘服をたちまち脱ぎさり、裸になろうとした。

――しまった、遅かったか！

手を払いのけられた安永は、瞬間そう思っただけで、三曹を制止することはできなかった。

そばにいた隊員たちも、疲労困憊の体を奮いたたせたて抑えようとしたが、正気を失くした三曹は常人とは思えない怪力で彼らを振りはらうと、上半身裸のまま、まさに脱兎のごとく駆けだした。

陸の三曹、すなわち三等陸曹といえば、旧軍や米軍の歩兵にあたる「普通科」の部隊では、七、八名からなる班を率いる班長である。

むろん、そうした小部隊を指揮するための教育課程を修了して、はじめて曹クラスへ昇任することができるのだ。

つまり、まだ古参の陸曹長や一等陸曹のようなベテランの域にあるとはいえなくても、二等陸士や一等陸士といった「兵隊」とは違って、初級ながらも下士官としての資質を有している。

しかしそんな隊員でも、ときに正気でいられなくなるのが、このレンジャー教育課程なのだ。

より高度な訓練を経て、専門的な戦技を有する諸外国の高名な特殊部隊であっても、最初にこの種の訓練を受けることになる。

つまり、陸自のレンジャー訓練を経た者は、世界で通用する特殊部隊の隊員として最低限の資質を有すると証明されたようなものといえる。

そう、レンジャー、空挺（落下傘）、潜水の三つは特殊部隊の隊員には不可欠とされる特技であり、陸上自衛隊にもその「三種の特技」を持つ者たちがいる。安永三尉のこころざしも、そこにあった。

ただし、その安永にもこの後の予測は不可能だった。

消えた中山三曹の捜索にも、教官らは「実戦においても想定されること」として手を貸すことはなかった。自分たちだけで探し出さなければならない。

「隊長、一時の方向っ！」

本隊より二、三〇メートル先で前方警戒にあたる一人が、無線で突如、告げてきた。

――よし、見つけたか！　案外、早くに発見できて幸いだった。

安永隊長の気が一瞬、緩んだときだった。

聞きなれない銃の発射音があたりを揺るがしただけでなく、あきらかにこちらに向けて実弾が空を切って飛んでくるのがわかった。

——実弾？　まさか！　そんなことは……いくらなんでも訓練で、そこまでやるわけがない。

安永は状況がのみこめず、いったん落ち着こうとしたが、そんな猶予は与えられなかった。

得体の知れない「敵」の発砲は一連射、二連射どころか、おそらくは複数の銃からと思われる弾の雨となって安永挺身隊を襲ってきた。

ここにきて異変を覚った教官が、

「おまえら、なにをやってる！　おう、おかしくなったのかあ、おまえら。だれが発砲しろといった。だいたい、なんで実弾を持ってるんだ。いい加減にしろよおっ！」

と無線で怒鳴り散らしてきた。

それに応答する間もなく、安永はその場に伏したが、そのせつな隊員の一人が、

「ああっ！　やられましたーっ、撃たれた」

と告げてきたかと思うと、べつの隊員も、

「た、隊長、負傷っ！」

と発してくる。

今回のレンジャー訓練では、空包を使うことはあっても、実包すなわち実弾を使うことは想定されていないはずだ。

教官らが撃ったわけではないことは、無線の怒りの様子からもあきらかだった。

——とすると、いったいだれが……。

安永は肉体が苦しいというのではなかったが、極度の吐き気をもよおした。

同二〇一九年秋
神戸・六甲山中　ACU

夕焼けが次第に翳《かげ》る。夏場とはいえ、あと三〇分もすれば闇につつまれるだろう。それでなくと

も山間部の飛行には、優れた技能だけでなく熟練の勘と経験が必要とされる。

米軍ではチョッパーと独特の呼び方をされるヘリ・パイロットには、自衛隊でも自負心の強い者が少なくない。

固定翼機と異なり、ローター（回転翼）で飛行し、ホバリング（空中浮揚）も可能なヘリは、同じ航空機とはいえ特別な操縦テクニックが必要になる。

ＡＣＵの空の足としてだけでなく、敵地の監視や情報収集、攻撃の面でも寄与することを目的に作られたこの部隊（エア・ブレーカーズ）のパイロット桜井《さくらい》一等陸曹は、かつていた部隊では、やっかみ半分に仲間内で曲芸師とかアクロバット野郎と、陰でいわれるほどの腕を持っていた。

操るのは、ＭＨ‐60Ｊ特殊戦ヘリである。性能や仕様は、米軍の特殊部隊がながらく使っているＭＨ‐60Ｇペイブホークとほとんど変わらないが、固定翼機と違って条件が整わなければ使えない空中給油装置が外され、その代わりに二〇ミリ前方機関砲を備えて対地支援攻撃能力を高めてある。

ふだんは大阪の八尾《やお》北駐屯地の飛行場に予備機一機を含め二機を置いているが、ＡＣＵが水上または陸上機動して目的地へ向かう場合には、必ずその近くの自衛隊駐屯地や航空基地に二機とも展開し、待機する。ＡＣＵのいわば守護神ともいうべき存在であった。

「見えたぞ。スモーク確認」

「ラジャー、イエロー・スモーク」

機長の桜井一曹に、コ・パイ（副操縦士）の白《しら》岩《いわ》二曹が復唱する。機内にはほかに、カーゴマスター（荷室係）兼務でミニガン（七・六二ミリ連装機関銃）に張りつく若手の士長がいたが、彼は今回臨時雇いであった。

京都の桂駐屯地ではなく、大阪の八尾に待機していて正解だったと、桜井は思った。いくら特殊戦仕様のヘリとはいえ、桂からではこれほど早くには到着できない。

途中二度ほどターボ・チャージャーを利かせて最大速度近くで飛んだので、エンジンに不調をきたさないか心配だったがなんら問題はなかった。少なくともこれまでは、である。

だが、機体の調子は万全でも目的地は敵のひそむ山中だ。油断はできなかった。

案の定というやつである。目的地の上空に達しようかとしたとき、けたたましくミサイル警報音が鳴った。

「SAM《サム》、左三〇度」

「ライト・ターン」

桜井は白岩の報告を受ける前から、舵を右に切っていた。ピッチを上げながら片方のペダルを踏んだ。

急激なGがかかるが訓練で慣らされた体には、心地よいとはいえないまでも、刺激と緊張でアドレナリンが分泌されて、そう苦にはならない。
五、六〇メートル上昇しながら、大きく右へと機種が傾いたとき、地上から放たれた対空ミサイルが白煙と火炎の飛跡を曳きながら機体の左側、ほんの数メートル先をかすめていった。
地上のACU部隊の強襲から生き残った敵が、まだいたのである。

次弾が発射される前に対処する必要があると判断した桜井は、敵の次弾に備えてカウンターIR（赤外線妨害装置）を作動させながら、地上捜索のためのFLIR（赤外線探知）モードに入ると、識別信号によって敵味方の識別をおこなった。いまなお自衛隊の一部でも用いられている三〇年前の旧型機UH・1では、とうてい考えられない芸当である。

旋回しつつ、高度を下げて地上を監視する。

「FLIR（フレア）、コンタクト」

白岩の報告に桜井は「了解」とだけ告げたあと、続けて「ウエポン、前方二〇ミリ機関砲、撃ち方よーい」と発した。

「前方二〇ミリ機関砲、撃ち方よーい、よし」

白岩が答える。

「ターゲット、前方の散兵。いいか、敵味方まちがえるなよ。二〇ミリ機関砲、撃ち方はじめ」

桜井の命令で、機首の三銃身二〇ミリ機関砲が回転しながら火を噴いた。機体が振動するが、照準が狂うことはない。瞬時にケリがついた。

関西のあちこちでテロや殺人に手を染めていたと思われるゲリラの全部ではないとしても、確実にそのうちの何人かは掃討することに成功したのだ。

桜井は敵の位置を地上のACU隊員へと無線で知らせ、確認を急がせた。

「〇二《マルフタ》、〇二、こちらブレーカーズ、オクレ」

「ブレーカーズ、こちら〇二、オクレ」

「〇二、ブレーカーズ、これよりそちらに向かう。あー、その前に曹長、さっきのネズミ（敵ゲリラ）の状況、見てもらえますか」

「了解、こちら〇二、ブレーカーズは、このまま〇一《マルヒト》（隊長）と連絡を取ってもらいたい」

「了解」

本番はこれからなのだ。

桜井らが要請を受けたのは、負傷した警察SAT（特殊急襲部隊）の救出だった。ゲリラの潜入を察知して派遣されたSATの隊員らが、逆に待ち伏せにあい、銃火を交えた結果である。

いまの残敵掃討は、付け足しにすぎなかった。

先遣隊となったACUが、地上でもすでに昨夜、敵との一戦を交えたのちに現場の確保に成功していたが、敵もなかなかしつこく油断はできない。

そう、これは単なる救助ミッションではなく、ブレーカーズゆえにその本領を発揮できるコンバット・レスキュー、すなわち戦闘救難であった。

「ブレーカーズ、〇一、オクレ」

「〇一、こちらブレーカーズ、オクレ」

「こちら〇一、負傷者およびメディックは岩棚で待機中。現在、地上の風力はビューフォート三から五。繰り返す、風力三から五の、えー、一五ノット（風速約七メートル毎秒）前後である。機体を岩壁に寄せることは可能か？　オクレ」

「〇一、こちらブレーカーズ、ウィンド（フォース）一五ノット、了解。岩壁横からのホイストを試みます」

「ブレーカーズ、こちら〇一、了解」

一度上空を大きく旋回するあいだに、隊長の一尉からの指示のほか、曹長からの戦果確認および周囲に異状なしとの報告を受けとった桜井一曹は、さらに高度を下げると問題の岩壁を目指した。

――これは……。

さすがの桜井も絶句しそうになるほどの岩棚に、負傷者と折り重なるようにして、それを見守るACU隊員を視《み》とめた。

崖はなだらかな傾斜になっているが、岩棚はその中腹あたりにある。ヘリのローターのことを考えると、安全にホイスト（吊り上げ）できる高度を保つことは、地形的にほとんど無理といってもおかしくないくらいだ。

二〇メートルで引き上げるにしても、ローターの辺縁と崖は一メートルかそこらの開きしかない。

ちょっとでも機体が崖側にぶれれば、ローターが岩や土を叩いてヘリは間違いなく墜落する。岩棚は大人二人ぎりぎりのスペースしかなく、臨時雇いの士長は降ろせそうにもなかった。

とにかくやるしかないだろうという、中途半端なプロ根性と度胸だけでやってもいいという状況ではない。それで下手をすれば、下にいる要救助者や看護にあたる三曹も巻き添えになるおそれがあるのだ。

――なんとしても成功させる。

意を決した桜井は、風を読みながらゆっくりと岩場へとアプローチした。穏やかとはいえないが、始終右へ左へと吹きまくる風でもない。

高速で回転する手持ち式のグラインダーの刃を、微妙な切削が必要な高価な家具にでも近づけていくように、熟練のパイロットはローターと崖の側壁との間隔を縮めていった。

あと三メートルも寄れば、ホイスト・ケーブルを負傷者の真上に降ろすことができるというときであった。

それまでにない突風がヘリを襲い、機体が上下左右にがくがくっと揺れたかと思うと、一分間に三〇〇回転以上の速さで回るローターの縁が、崖の途中に生えた細木の枝をびしびしっとはじいた。

――ああっ、と見ている者たちも息をのんだに違いないと思いながらも、桜井は冷静に機を修正してみせた。

もはや操縦でない。大型マシンの微調整とでも呼ぶに等しい芸当だった。

揺れが小さくなり、岩棚の上、二三メートルのところでぴたりとホバリングさせた桜井は、続けて機を慎重にコントロールしながら、臨時雇いの士長にヘッドセットを通じて命じた。

「担架とケーブル降ろして、慎重に頼むぞ」

「了解」

本来は機内の荷室を一手にあずかるカーゴマスター兼武器担当の檜《ひのき》士長の仕事だが、彼はいま新婚旅行を兼ねて、二年ぶりのまとまった休暇を南の島のどこかで楽しんでいるはずだった。

国が宣言したわけではないが、実際には準有事ともいえるいまの状況下で、ブレーカーズの隊員が一週間もの休暇を得るのは奇跡に近かった。

檜士長にしても、六月には結婚式当日に非常呼集がかかったのである。その後も他の隊員同様、週に一度、いや一〇日に一度、まる一日の休務が取れるか取れないかで、常に駐屯地内待機の状態が続いていた。
二、三日前には、東シナ海を航行中の外国人要人の乗ったフェリーが謎の衝突事故を起した際、無事救助したことへの報奨として、彼ら全員に陸上幕僚監部から一週間の特別休暇が与えられた。それも、こうなっては実際にはあってないようなものである。
本当は事故ではなく、海賊かゲリラに襲われたのではないかとの噂も立っていたが、救助におもむいたブレーカーズの隊員たちには、現場で見聞きしたことの一切を口外しないようにとの緘口令《かんこうれい》が言い渡されていた。

たしかに、そのフェリーは船体の一部を焦がしたかのように損傷しており、ただの海難事故というよりは、爆弾テロか艦艇などによる攻撃を受けたように見えなくもなかった。

しかし、報奨であれ口止め料の代わりであれ、いずれにしてもこの与えられた休暇を、全員で一斉に消化するわけにはいかなかった。

結局、くじ引きなどすることもなく、桜井も白岩も、檜が一番最初にその恩恵にあずかることを、なかば当然のごとくに認めたのである。

いや、ブレーカーズばかりでなく、陸海空三自衛隊のいずれの部隊も、それと似た状況にあった。

ふだんは民間人として一般の仕事に就き、有事に際して近くの部隊へと編入される、むかしなら「郷士《ごうし》」といえるかもしれない予備自衛官たちにも、ぽつぽつ召集がかかり始めていた。そのようななか、どこの部隊でも、大なり小なり人も装備も武器もやりくりしなければならなかった。

　当然、それには当たりはずれもある。桜井は自分が急遽、選んで乗せた士長がハズレではないことを祈った。その祈りが通じたのか、いつもよりいくらか時間を要したものの、ホイストは途中でロックすることも切れることもなく、桜井たちは岩棚の負傷者を乗せた担架を機内に無事収容することができた。

「グッジョッブだ、士長」

　ヘッドセットを通じて告げる桜井のねぎらいに、緊張の極にあった士長は、ただ「あ、どもです」としか返せなかった。

　臨時雇いとはいえ、すでにこの種の訓練を受け、通常はブレーカーズで気象や連絡、需品業務等のロジ（兵站《へいたん》）を担当している若い士長は、立派にカーゴマスターとしての役を果たした。

　そうでなければ、副操縦士がその替わりを務めるか、あるいは一旦着陸して、ＡＣＵ隊員を一人か二人拾ったのちに救助任務に移るしかなかったのだ。

　燃料や交戦などの様々なリスクを考えれば、臨時雇いがきちんと仕事をできるかどうかが、任務の成否にも大きく関わってくる。

　世間では、一部に民間企業の派遣社員であることを恥じたり、契約社員から正社員になりたいと希望する若者が多いと聞くが、たしかに雇用条件や待遇面での違いはあるにしても、プロ意識が持てない者は契約社員であろうが正社員であろうが、結局は使いものにはならないのではないかと桜井は常々思っていた。

要は、いかなる雇用条件や待遇の中にあっても、本人がプロ意識を持って仕事にあたるか否かという問題であろうと思う。

荷卸し作業という一見、単純そうで頭を使わない力仕事に思えるような仕事にも、実はプロとしての要領や専門的なテクニックが必要なのだ。

桜井は、ヘリの操縦士になる前からそのことを自衛隊で教わっていた。

事実、空挺部隊の重量物降下は梱包のライセンスを持った熟練の曹（下士官）が担当することになっているし、自衛隊の倉庫を預かる「需品科」にも、管理業務や保守業務に関する様々なライセンスを持った隊員たちがいる。

そのことを熟知する桜井は、臨時雇いの士長がプロ意識を持った隊員であることを知って、これでようやく半分仕事がすんだと思った。

軽口を叩くつもりはなかったが、張り過ぎた緊張もまたいたずらに事を怪しくするおそれがある。

「うちは爺ちゃんが海軍の飛行機乗りだったらしいが、俺もたまに海が相手の海上自衛隊向きじゃないかと思うことがあるよ、あんたはどうだ？」

桜井の問いにコ・パイ（副操縦士）の白岩は答えた。

「奇遇ですねえ。うちの、もう早くに亡くなったご先祖さまも、ゼロ戦に乗ってたらしいです」

体を冷やして疲労が大きいとはいえ、負傷者に続いて収容されたACUメディック（救難員）の三田三曹も、臨時雇いとともにそのまま救護にあたってくれている。

「機長、すみませんが急いでください」

その三田三曹がヘッドセットを通じて告げてくる。

——よーし、なんとしても連れて帰る。

桜井は三田に「了解」とだけ返して、再び操縦に集中した。

　残って地上の任務をやりとげようとする曹長ほかＡＣＵの隊員たちに向けて、「ひとまずさようなら、またお会いましょう、ご無事で」という代わりに、ヘリを今度は意図的に左右に軽くふってダンスさせた桜井は、新たに意を決すると、ゆっくりと機を旋回させながら上昇させるのだった。

　彼には、自分よりも階級がいくつも上である隊長の藤堂一尉が、他の隊員たちが周囲を警戒するなか、一人いつまでも不動の姿勢でこちらに敬礼を送るさまが、はっきりと見てとれた。

同二〇一九年秋

　自称七段、公称四段の空飛ぶ剣士、西本曹長の腕は必要条件的にはたしかである。実際、これまで抜刀に際して自分の指はまだ二回しか負傷したことがない。負傷といっても小さな切り傷で、いずれも簡単な縫合のみで事なきをえている。

　その真剣の柄《つか》は京都、刃は本場堺の刀工の仕立てである。先般のゲリラ狩りの最中、夜間に山中で人らしきものを斬ったことはあるが、まだ確実に人を斬ったことはない。

「あっ、どおもーッス、曹長。遠慮なく、また昼飯いただきに参りましたーっ、入りまーすっ」

　表のほうで声がして、若いのが三、四人ぞろぞろと乱れた足音を響かせてやってくる。

「とおーっ！」

　曹長の白刃が下から上へと斜めに空を斬り、庭のカエデの葉をひらりと落とした。哀れカエデのひとひらは、わた雪のごとくに宙に飛んで地に舞い落ちる。

　――よし。

　ぴたりと足音が消え、曹長は口とともに目も瞑《つむ》った。

一秒、二秒、悠久のときが凝縮して流れゆく心地よさにしばし酔う。そんなピンと左右に跳ねた口ヒゲをたくわえた四三歳のオヤジに、一等陸士が間が持たなかったのか、よせばいいのに突然発した。

「あ、ハハッ、いやあ、やっぱあ、曹長の剣道……鳥肌もんです」

そのとき、部下たちに体側を見せたままぴくりともしない曹長の腕が、ぶるっと一瞬震えた。

それを目ざとく見とった名村三曹が慌てて、

「あっ、ああ、あれは居合いってーんだよ。バッカじゃねえのおまえ、居合いと剣道の違いも知らんのか」

と、曹長に聞こえるように大声で諭《さと》した。

西本曹長の視線は、ときにレーザー照準器並みに鋭く、隊員たちの目に突き刺さる、刺さって抉《えぐ》り、溶かす。強力至極である。そんな曹長など、ざらにはいない。

シャバで一般人とケンカした一士を、地べたに土下座してお巡りさんから引きとろうとする、およそ映画にしか出てこないようなふにゃチン曹長とは、格も根性も違う。

「うむっ」

西本曹長は唸るように、三曹のとっさの機転をよしと認めると、静かな呼吸で白刃を鞘の中へと収めた。

一度ごくりとツバを飲みこみ、曹長とは空挺団のころからともにある名村三曹が、さらに告げた。

「あー、曹長、この間の関西での山狩りのときに曹長がぶった斬ったアレなんですけど……凄いっス。体長二メートルのクマだったそうです」

「ほう、クマ？　六甲の山に？　クマって、あの熊か」

「はい。伊丹の三中隊本管（本部管理中隊）のボケ、訂正、あー、宝家《ほうけ》少尉からですねえ、さっき聞いたばかりなんですけど、右手、じゃねえな、右の前足がですねえ、すぱーっと切れて、こう、肩のところから皮一枚だけでつながってたそうです。

ほら、三中隊の連中が次の日、自分らの小隊と交代して捜索に入ったじゃないですか。ゲリラの足跡たどってる最中に偶然見つけたそうですよ。でー、こんな達人は降下誘導小隊の曹長しかいないって話になったみたいっス」

「バカな連中だな。俺の刀は刀剣の登録は済んでるが、まだうち（自衛隊）のほうじゃ武器の登録が済んじゃいないんだぞ。連隊長にでも知れたらどうすんだ」

「それが、もう連隊本部でもすっかり噂になってるみたいで、その件で明日、上から自分たちにもお呼びがかかるって話です。こいつは、いちおう秘《ひ》あつかいってことになってるみたいですけど。ただっスねえ……」

なんでもいいたい放題の名村三曹が、めずらしくことばを濁した。

「なんだ、いってみろ」

「はい、その熊なんすけど、目ん玉がですねえ、なんか先の尖った、あのー、鋭利な刃物ってやつなんですかね、そんなもんで両方とも抉られてたって話です。

おまけに腹も切り裂かれて肉と内臓の一部がなくなってたって、こいつは三中隊の別のやつから聞いたんスけど」

「そりゃ、野犬かイノシシでも食いちぎっていったんじゃないのか」

「ええ、そうかとも思ったですが、レンジャーの助教もその日出動してたようで、動物の仕業じゃなさそうだと、その助教がいってたって話です」

「じゃあ、人か?」

「それが、どうも……」

「なんだ、はっきりしないやつだな」

「いや、その助教がいうには『人間技とは思えん。少なくとも並みの人間にやれることじゃない』てなわけで、それで曹長じゃないかと」

「バカをいうな。いくらなんでも、一太刀《ひとたち》でそこまでやれるほど俺は器用じゃないぞ」

「ですよねえ、やっぱ。フォローには、なんないかもしれないっスけど、一応うちの曹長は、いつも一刀両断っていってる人だからなあって、とぼけてはきたんですが」

「地元の猟師ってことはないのか」

「どうですかねえ、一応、うちらいま戦争つーか、まあ軽くドンパチやってるわけで、時期が時期ってこともありますしねえ。動員がかかってる予備自(予備自衛官)か予備自補(予備自衛官補)の猟師だったりすりゃあ、うちらとべつに勝手に動いてるってことも、まあ考えられんこともないとは思いますが、ただ十中八九……」

「ゲリラか?」

「おそらく」

数いる陸曹の中でも、名村は曹候(一般曹候補生)を経て、空挺でも五年以上飯を食っていた男である。

過酷な任務を強いられる空挺や特戦群の五年というのは、一般の部隊の一〇年、一五年の労にも匹敵する。

たいていは三年から五年以内に辞めて、ほかの部隊へと移動していく。実際、名村も六年めにして、西本とともにその空挺団からACUへと移されたわけだが、といって特に仕事が楽になったわけでもない。

どこか割りにあわないとも思うが、名村はこの少人数の部隊が嫌いではなかった。むしろ最近は、杓子定規なことがあまり好きではない自分には、合っているようにも思える。

　空挺団の規定では実戦か訓練かに関係なく、すべての隊員が年間最低でも五回以上のジャンプ（降下）をこなすことが義務付けられているから、五年もいれば二五回以上は落下傘で舞い降りた経験があることになる。

　それは、特殊作戦を遂行する上級のＦＦ（自由降下）隊員になるための条件の一つでもあるが、名村三曹は、すでにＦＦの資格も有していた。

　名村や西本といった下士官ばかりでなく、ＦＦ出の幹部もいるにはいるが、その数は少ない。現場指揮官や猛者としての発言権は持っていても、作戦や部隊の運用といった俯瞰《ふかん》的な権限を持つ部署は、きまってかつての防大である士官学校出が大勢を占める。

　それは同じ官、同じ制服であっても、西本曹長とは別な世界に住む者たちであり、つまりは「異なる人種」でもあった。

　――だが、下士官たるスペシャリストとして生涯現場主義の立場を貫くか、あるいは幹部となり、ジェネラリストとしてそうした現場を広く俯瞰し、部隊を動かす立場となるかどうかは本人次第だ。俺がとやかくいうようなことではない。

　いまなお自分の部下であるとはいえ、いち青年下士官の行く末を左右する権限はないとの思いが曹長にはあった。

　空挺団当時は、西本がいた小隊の中でも、名村三曹は野戦での偵察やら内外の情報収集やらにかけては、古参の二曹や一曹をもしのいだ。

　おまけに射撃の腕は一級の上、空挺団では三人しかいない、神技が必要といわれる「特級」を持ち、当時は小隊の狙撃手を務めていた。

今日も他の隊の下っ端を引き連れて、うちに夕ダ飯だけを喰らいに来たのではないことくらいはすぐにわかったが、それが飯をふるまうほどの価値のあるネタであるとは西本は思っていなかった。しかし、価値があろうがなかろうが、腹を空かしてやってきた兵隊たちに飯を食わせないわけにはいかない。

最初は飯を食いながらでいいかと思っていたものの、名村の話が尋常なものではないことがわかった曹長は、その場できっぱりと答えを出して、部下が暗に示す不安を払拭《ふっしょく》することに努めた。

「そうか。ほかにも生き残ったゲリラがいたんだな、やっぱり。わかった。どうであれ今回の件は、おまえらにはなんの関係もないことだ。責任は、すべて俺がとる」

「いやあ、ナマいうようですが、曹長が悪いとは自分ら思ってません」

名村三曹のその言葉に、一士と士長が目でうなずいてみせる。その士長があとを継いだ。

「政治家や上のほうじゃ、周辺事態だって、わあわあほざいてんのに、先日の一件じゃあ、地元民や登山者を誤射しちゃいかんとかなんとかいって、現場の判断で射撃はするなっていう命令のほうが完全にイッちまってるんです」

「そうですよ。弾なしじゃ、こっちの玉もないんじゃないかって、敵にナメられちまいますからね」

一士がそう横やりを入れると、

「だから、てめえはだーってろっていってんだろ」

と、ぴしゃりと制しながら、三曹がまた一説ぶった。

「まあ、たしかにこいつがいうように、弾もないプラスチック製の小銃なんて、銃剣付いてるからって、実戦じゃ木刀の代わりにもなんないスよ。銃が使えなきゃ、どうやって敵とやりあえってんです？　せめてナイフか刀くらいなきゃあ、こっちはみすみす北のゲリラに殺されにいくようなもんですからね。やってられませんよ、実際」

「まあ、そうぼやくな。現場で判断するなってだけの話だ。逆にいやあ、上から射撃の許可を得たらいいってことだろうが。

上が責任取ってくれるってんなら、俺たちにとってもそう悪い話じゃないだろ」

「ええ、まあ……」

「上にも上の考えがあってのことだ。俺たちは、いわれたとおりにやるしかない。それが嫌なら、おまえ、いつまでもぐずぐず陸曹なんかやってないで幹候（幹部候補生）でも受けて、三尉になれ。

三尉になりゃ、防大出じゃなくても、定年までには、まあうまくいきゃあ、二佐くらいまでは昇進できる。そこまで上がれば大隊や連隊、いや師団の参謀だって夢じゃない」

「いやあ、それをいわれると、どうもーっス。それはそうと、その熊殺しの件なのかどうか、なんでも統幕からじきじきに幹部がですねえ、自分らに話を聞きにやってくるとかこないとかって話です」

「統幕？　ほう、官庁勤めのエリート将校さんがまたなんで？　たしかにうち（ＡＣＵ）は統幕直《ちょく》だから、べつにやってきてもおかしくはないが……。

ああ、山狩りの最中に罪もない熊公をぶった切ったのはけしからんてわけか。くだらんが、ありそうなこったな。現場を知らん将校は、これだからこまる。

まあ、向こうが話したいってんなら、相手してやろうじゃないか。で、もちろん藤堂隊長は知ってるんだろな、それについては」

「はい。隊長は直接曹長へそう告げるのを遠慮されたみたいっス。で、自分がパシリってわけです」

「まあ、あの人らしい気の遣いようだな」

そう苦笑いしたあと、西本は三人の若い衆を築何十年かもわからない苫屋《とまや》へと招いた。

買ったものではない。借りたものでもない。土地の売買でヤクザともめていた知り合いのブローカーに、ちょいと力を貸してやったら、その礼代わりだといってくれたのだ。むろん、べつに脅して要求したわけではない。向こうがくれるというから、もらったままでの話である。

周囲は田んぼと山、それに沼である。最寄のバス停まで歩いて一五分、時間帯によっては一時間に三本の電車しか停まらない駅まで、自転車で二、三〇分はかかる。

京都の桂駐屯地までは、愛車で一時間半ばかりかかる。駐屯地の課業開始前の国旗掲揚は、きっかり朝八時だから七時半までに入るには、六時前には起きなければならない。

事故や工事渋滞による途中の交通混雑などを見越せば、それよりもさらに三〇分早く、そう五時半かその前の起床となる。

だが、二四時間いつでもどこでも自由自在に寝て起きることのできる曹長にとって、通勤時間のことなど問題にすらならなかった。

それよりも山河の近くである。水辺には魚のほかに爬虫類、両生類もいる。

いざというときにはヘビを喰らい、ウサギを喰らい、カエルや野ネズミ、昆虫の幼虫も喰らうことができる曹長にとって、山も川も自然の食糧貯蔵庫であった。しかも捕獲する直前まで生きているのだから鮮度は抜群だ。

大地震やミサイル攻撃でスーパーやコンビニの食糧が断たれても、食い物にもフロにもこまらない。

それが曹長にとって、官舎からこの苫屋に移り住んだ最大の理由でもあった。地震はともかく、常に身近に「山」「川」がないと落ちつかない。そういう点からしても西本曹長は、まぎれもなく現代の野武士であった。それも空を飛ぶ。

一週間前
神戸　ACUエアボーン

藤堂隊長、田中二曹、三田三曹の三名は、地上から目標へと進出していた。一方、空挺をお家芸とする西本曹長と名村三曹の二名はFF（自由降下）によって、同じ目標付近へと侵入することになった。

上空八〇〇〇メートルの気温は完全な氷点下である。しかも大気は薄く、気流はときに人の首をへし折るくらいに速い。

その中を二人の操縦士とたった二人の男たちを乗せた最新の国産中型ジェット・カーゴ（輸送機）MC－2が、轟音を発しながら駆けていく。同じ濃紺の服を着て、よく訓練された警備犬、いや猟犬のような眼光を放っている。理性を持った獣であった。

野生の獣は、飢えと怖れゆえに他の獣を襲う。自らの命と種を守るためだけに戦うのである。人もまた、なんら怖れを感じないような者は、戦士になる資格はないのだという。

夜の降下は、その恐怖との戦いといってもよかった。熟練の隊員であってもそれは例外ではない。準戦時下というのに、遠くに街明かりや漁火《いさりび》も見えるが、ひとたび機上から舞い降りれば、ただ漆黒の闇へと吸い込まれていく。

そのまま、まっすぐに地上へと突っ込んでいけば、文字どおり天国あるいは地獄行きとなる。唯一の頼みは、命と装備を託す落下傘だけであった。

「降下準備してください」

若手隊員が相手の通常の空挺降下なら、すべて命令口調となるが、今日は気心の知れたロードマスター（ＬＭ）の二等陸曹が、ヘッドセットを通じてそう告げてくる。

所属は西本と同じ陸上自衛隊の空挺団で、降下誘導小隊当時の部下の一人だった。

空挺以外の職種に配属されるのなら隊を辞めるというくらい、西本に負けず劣らず一筋の男である。実際、西本が降下長に推薦してもいいと思うほど優秀な隊員だったが、その目前に不幸が襲った。

重武装での降下訓練の際、着地の間際に突風を受け、運悪く地面に顔を出した岩で腰を強打し、腰骨を折って全治二か月の入院加療を余儀なくされたのだ。

退院後は、しばらく地上での連絡係や後方支援要員として活躍していたが、昨年から当人も知らない西本の口利きもあって空自の第二輸送航空隊に派遣され、航空科への異例の異動が決まり、このカーゴに乗ることになった。

昨年、嬉々とした声でそのことを電話で告げてきたときも西本は、ただ「よかったな。よかったじゃないか」と応じ、部下の再出発を祝う言葉を告げるだけで、自分が関わったことは一言も洩らしはしなかった。

そもそもこのロードマスターは、かつては輸送機を管理する空自隊員が担当していた。それが陸、海、空の統合運用が確立してからは、空自に派遣された陸自の航空科の隊員が空自の基地にも常駐することになった。空自の隊員とともに機内管理にあたるのである。

一方、空自は基地警備誘導隊の訓練やその運用等の面で、陸自から助言を得たり、訓練施設を借り受けたりしている。

二一世紀に入り「新生」自衛隊になって以降、こうした持ちつ持たれつの関係が第一線の隊員間に浸透するのに、それほど時間はかからなかった。

むろん、陸上自衛隊のただ一つの空挺部隊でも変化が求められるようになった。だが、西本もその部下の名村三曹も、もうその慣れ親しんだ空挺の隊員ではない。空挺隊員ではないが、それでもなお二人は飛ぶ必要があった。

ＬＭからの指示は、ヘッドセットを通じて名村三曹にも聞こえているはずだ。だが、曹長は「降下準備！」と発して、みずからも立ち上がった。

降下ポイントに達したことを知らせる機内の緑灯はまだ消えたままで、依然として赤灯だけが暗い機内にぽっと光っている。

西本曹長の指揮下に入るとはいえ、三等陸曹の名村も降下誘導小隊と特殊先遣隊の経験を持つ。

西本と名村の原隊ともいうべき空挺団からは、任務の性格上、いまだその詳細が公開されていない「特殊作戦群」に、多くの志願者や実際に選抜されて隊員となる者たちを送り込んでいる。

十数年前に、英米の特殊部隊を範として陸上自衛隊内に新設された対テロ特殊部隊である。

しかし、空挺は空挺で独自に対テロ戦や対ゲリラ戦、長距離偵察等の多様な特殊任務を可能とする少数編成の「空挺特殊先遣隊」を秘かに擁していた。隊員たちはいずれも空挺レンジャーの有資格者であり、また降下誘導小隊の経験とＦＦの特技を持つ。

降下誘導小隊は降下を実施する本隊の空挺降下に先行し、ＦＦにより数名で密かに降下地点に降下する。同地点の状況や敵情を偵察して無線で本隊を誘導するためである。

これに対して特殊先遣隊は、同じく少人数での行動を基本としながらも、多岐にわたる任務をこなす必要があった。

それだけに、この特殊先遣隊には降下誘導小隊の経験者であっても、隊長や教官クラスの資質を持つ極めて優秀な隊員しか採用されない。

通常の野戦はもとより、雪中、山岳、沿岸、海上、市街地と作戦行動地域を選ばず、護衛艦規模の停止中の艦船であれば、ヘリボーンのほかに空挺降下でも甲板に降着できる。

また特殊作戦群ほどではないにしろ、各種の暗視装置や衛星デジタル通信、対人センサー、小型地上レーダー等のハイテク器材の運用も可能とする。

「降下帽よし、酸素マスクよし、ハーネス、リップコードよし、吊帯《ちょうたい》掛けフック、股帯《またおび》よし……」

二人はそれぞれ各自の装備を点検したのち、そういう間違いはないと承知していても互いの装備をざっと指差し確認した。

これがFFとは異なる本隊の降下なら、機内両舷（左右）それぞれ十数名の完全武装の隊員が一斉に起立して整列する。それから全員がそろって大声を発しながら、装備の各部に手を添えるようにして上から下へと順に点検していくことになる。

主傘《しゅさん》約一六キログラム、予備傘約七キログラム、これに背嚢《はいのう》、小銃、銃剣、水筒等が約二五キロ超で、総重量はおよそ五〇キログラムにも達する。体重が七〇キログラムであるとすると、計一二〇キログラムが一つの傘に託されることになる。

西本らは、今回の作戦では通常の六〇式空挺傘や六九六空挺傘に似たラウンドシュート（半球）型のMC‐3パラシュートを使うことにした。

ラムエアまたはスクウェア型と呼ばれる操縦性能の高い四角い傘（MC‐4）は、ビギナーでもふんわりと着地することができるほど降下率を抑えることができる。

そうした優れた空力特性を持つ反面、意外にも突風や乱気流に弱い。下手をすればラインが絡みついて、十分な揚力や空気抵抗を得られないまま墜落するおそれさえある。

事実、このタイプの傘を使った民間用のパラグライダーやカイトでは、確率は極めて低いとはいえ、突風や未熟なマヌーバ（操作）による事故が起きている。

それでも女性や年配者に人気なのは、天候が穏やかであれば実に快適な空の散歩が、手頃な費用と少しの講習を受けるだけで、だれにでも楽しめるからだ。

だが、西本たちの場合はそうではない。西本は、これまで幾度となく駐屯地行事の展示訓練でラムエア型を使い、一五〇〇メートル以上の高空から半径一〇メートルにも満たない円内へとピンポイントで着地した経験があった。

観客に日頃の訓練成果や錬度の高さを示すためだが、それもひとたび天候が悪くなれば中止となる。展示訓練ならそれですむが、実戦では天候不良だからといって敵が手加減してくれるわけではない。むしろ困難な状況なときにこそ、西本ら特殊先遣隊が駆りだされる可能性は高くなる。

その点、もともとＦＦ用に作られたＭＣ‐３は、ラムエア型ほどの操縦性は得られないにしても通常の傘と同様、気流の変化に対する適応性が高い。

ただしこの傘の両縁には、通常の傘にはない安定性を高める襞《ひだ》状のスタビライザーがついており、また方向転換や速度調整のための大小のスリットがあちこちに開けられている。

どのみち今回はＨＡＬＯ（高高度降下低高度開傘）である。開傘は着地点の山の標高プラス七五〇メートル上空であり、目標とするゴルフ場のどこかに降着すればよいのだから、MC‐3でも問題はなかった。

スタティック・ジャンプ（輸送機から自動開傘で降下する方法）で用いる旧型の六〇式であっても、この二人であれば必ず目標内へと降着できるはずだ。

夜間降下にしても、二人ともその経験は一度や二度ではなく、それに今日は空挺用に改良された暗視装置も装備していた。小型のレーザー測距儀と連動しており、暗中、肉眼では皆目わからない目標までの距離も、たちどころにわかるというハイテクである。

完全な闇においては、ゴーグル状の装置を通して左右六〇度内の視野に捉えた事物が白黒の赤外線映像として映し出される。

わずかな月明かりや光源が得られる場合には、モードを切り替えることによって自動的にその光量を増幅し、細かなノイズまじりながらも、ほぼ実像に近い映像を視野に捉えることができる。

「はあ、一二〇万？　一二万円の間違いじゃないのか」

ちょっと見には子供のおもちゃにも似たそのシステム一基で、国産大衆車の新車一台がゆうに買えるというぶっ飛び価格には、さしもの西本も驚かされた。

そんな高価な装備を、たとえ任務の最中に潰すようなことがあったとしても、おそらく始末書程度ですまされるのは、これがまぎれもなく実戦だからでもある。

まもなくゴーサインが出るであろう降下に際し、西本らにとっての唯一の懸念は飛び出してから開傘するまでのフリーフォール、すなわち自由降下（FF）中の気流であった。

湿度にも左右されるが、高度一〇〇〇〇メートルでの気温は地上と比べて一〇度以上も低く、二〇〇〇メートルならば、氷点下であってもおかしくはない。

三〇〇〇メートルからの降下の場合にはレジャー・ジャンプであっても、とても長袖シャツにジーンズだけというわけにはいかないのだ。気流が速ければ体感温度は、さらに低くなる。

地上が真夏であっても、八〇〇〇メートル上空では冷凍庫の中と変わらず、しかも大気は極めて薄い。その上の高度数十キロメートルの成層圏では、マイナス七〇度からマイナス一〇〇度にもなり、気圧の薄さは理論的には血液を沸騰させるほどになる。

ただ、人間というのは不思議なもので、すでに一九六〇年には、米軍の大尉が高度三万メートルを超える高さから自由降下を試みて成功させている。西本は十数年前、FFの資格を取得する際に座学でそのことを教わったが、にわかには信じられなかった。

かつて米軍は対ソ戦を念頭に、航空偵察の技術や核搭載の爆撃機また大陸間弾道ミサイル等の開発のため、高高度における機体材料や人体への影響を調べていた。

実験初期の一九四〇年代の末には、人工衛星の元祖とでもいうべき特殊な素材を使ったカプセルに人を乗せ、気球により成層圏まで達したという。旧日本軍の気球爆弾開発者も実験に参加したといわれているが、所詮、どこまでが真実か定かではない話である。

おまけに当時、前人未踏の超高高度に達したまではよかったが、装置や装備の不具合により、乗員は結局、紫外線や気圧のため死に至ったといわれている。

体液は沸騰して、その多くが蒸発あるいは流出し、各部に粉砕骨折が見られ、体全体が萎縮、逆に頭骨で覆われた頭部はパンパンに腫れ上がり、回収された遺体は一見して人間とは思えないものだったという。

一メートル七、八〇センチほどの身長の人間が萎縮して一メートル五〇センチほどにダウンサイズしていたのだから、別人に見えたとしても当然といえば当然である。

ところが、いわば無惨なその人体実験の失敗を隠蔽したい米軍は、あたかも未知の惑星からやってきた宇宙船が墜落して宇宙人が死んだかのごとくに欺瞞《ぎまん》情報を流したともいわれている。

そのうえで、実はダミー人形を使った気球実験であったとの発表を行い、今日まで真相をうやむやにすることに成功しているのだともいう。

西本も、高高度における人体への影響には少なからず興味がそそられたが、それから先のUFOうんぬんといった話には、なんの関心もなかった。

出動前には、これから出向く六甲山系にもそんな類いの奇怪な話が埋もれていることを噂話の域では聞いていたが、どういうことはない。

——天狗やら神隠しやらのむかし話にしろ、あるいはUFOだのなんだのといったものにしろ、たいていは説明のつく自然現象か動物の仕業《しわざ》、さもなければ人間による意図的ないたずらだ。まあ、天狗が本当にいるというのなら、相撲でも一番とってみたい気はせんでもないがな。

現実にみずからも野外演習や実戦訓練において、そうした現象に幾度となく遭遇したことのある西本は、ときおり自然が見せる不可思議さというものを熟知していた。

野生の動物の遺骸は、体内ガスと天候や地質との関係から青白い燐光を発することがあるし、沼に溜まった自然ガスは、連続して太鼓のような破裂音を発することがある。むかしの人間が、それをタヌキの腹鼓《はらつづみ》と思ったとしてもおかしくはないだろう。

闇の中、泥まみれの自分の顔を川面で拭おうとしたとき、ほんのわずかな間、偶然、雲の切れ目から顔を出したお月さんが水を照らして、見たこともない化け物をそこに浮かび上がらせることもある。

月明かりに浮かぶ水面のゆらぎも、人の心がそこにありもしない妖怪を作り出すのだ。

ましてや木々の合間に登山客の強力なハンドライトや自動車のヘッドライトが見え隠れすれば、遠方でそれを目にした者には人魂や狐火に映らないこともない。

そうした入隊したての若い隊員なら肝を冷やすようなことに動ずる西本ではなかった。それでも、気にかかることがまったくないというわけではない。

明治のむかし、二〇〇名以上もの屈強な陸軍兵士が凍死した「死の雪中行軍」で知られる八甲田山では、自衛隊時代にも自衛官の不審死が起きている。

一九九七年の夏、雪中行軍とゆかりのある連隊で実施されたレンジャー訓練の最中、山中の穴に落ちた訓練生や救助に向かった教官らが、次々に眠るように倒れていったのだ。

過酷さで知られるレンジャー訓練である。疲労困憊した訓練生の突然死も考えられなくはないが、ベテランの教官までがいったいなぜ……。しかも、今度は冬山ではなく夏山である。

話だけを聞けば不可解極まりないが、警察の捜査によって、窪地に貯留した致死性の火山性ガスによるものとの結果が出されている。しかもその窪地がなにかしらヘンだということは、以前から地元民もうすうす気づいていたという。

——あの一件は、たしかに事故防止という点では事前の調査不足や現地の住民とのコミュニケーション不足は否めない。むかしからの言い伝えや奇談、噂話の中にも、そうしたリスク回避という点では、重要なメッセージなり警鐘なりが隠されていることはあるだろう。だが、いざ実戦となった場合に、いったいどれだけ現場の有力な情報を事前に得ることができるだろうか……。

単なる迷信と情報とは区別する必要があるが、いずれにしろ特殊戦では、作戦地域に関する情報収集が不可欠となる。空飛ぶ円盤やら幽霊やらにはさらさら興味はないが、現地の情報には留意すべきだ。

関西のこの時期の、この空域の大気についての情報を、西本らは十分に得ているとは言いがたかった。

日米協同訓練が実施される饗庭野《あいばの》演習場（滋賀）はもちろんのこと、大阪、京都、それに青野ケ原（小野市ほか）や長尾山（宝塚市）といった兵庫県内の演習場もよく知っている。伊丹や京都、八尾の駐屯地には展示訓練で舞い降りたこともあった。

空挺の学生の頃から今日まで、日本全国の主な演習場のほとんどに二度、三度と降り立ち、全国各地の駐屯地にも降着した経験を持ってはいる。

といって、始終空を飛んでいるパイロットと違い、日本の空を隅から隅まで知りつくしているわけではないのだ。FFの資格を持つ空挺隊員とはいえ、陸上自衛隊の「先任下士官」であり、本職は地上戦闘なのである。

飛行前のブリーフィング（打ち合わせ）で気象状況も知らされていたが、そうした単なる天気図やデータと、体感によって得られる情報には雲泥の差がある。

　どこそこの温泉がいいと人づてに聞き、その湯の成分や効能を知っていても、実際に現地に出向き、入湯してみなければわからないのと同じだ。

　新隊員教育を経た陸自の隊員なら例外なく持つ「小銃射撃」のＭＯＳ（特技）は当然ながら、これに「レンジャー」「空挺」「ＦＦ」「格闘」、さらには「情報」と「偵察」のＭＯＳを有する西本曹長にとって、情報は銃弾にも匹敵する武器でもあった。

　――用意周到。

　先輩や上官に叩き込まれた陸兵としての作法もまた、心底身についている。最大限の確実な準備と情報の収集こそが作戦を成功に導くということを、理屈ではなく体験として西本は熟知していた。

とにもかくにも準備だけは万端のはずであった。

「了解、降下準備に入る」

　ＬＭへ応答しつつ、獣のような己の眼光が名村三曹の琥珀色をしたバイザーに映るのを見てとる。

　――何度やってもなかなか慣れないものだな。

　西本曹長は、手袋をはめる前に青々としたヒゲ剃りあとの頬を撫でながら、そう思った。

　空挺一筋二九年、高卒後すぐに陸上自衛隊に入隊し、教育隊での前期教育と首都を守る第一師団隷下の普通科連隊での後期教育を終えた。

　そのときにみずから志願し、特戦群（特殊作戦群）といった特殊部隊ができるまでは自衛隊最強、精鋭無比と謳《うた》われた空挺団へ入ったのである。

　以来、空挺レンジャー、同教官、降下長、落下傘整備班長、徒手格闘教官、自由降下隊員（ＦＦ）、降下誘導小隊、そしていまはこのＡＣＵに身を置きながら、およそ空挺のエキスパートとしてその第一線にある。

　ほんの一時期、九州小倉にある普通科部隊へ対ゲリラ戦訓練の教官として派遣されたこともあるが、すぐに空挺へと戻された。

一七五センチメートル弱という平均的な背丈や端整な面立ちからはそうは見えないものの、まさしく筋金入りというやつである。徒手格闘だけでなく居合いの腕前は空挺団内でも一、二を争う。

最近では、もう少し要領よく楽をして、後人の育成に力を注ぐよう上からはいわれているが「常在戦場」こそが西本曹長のモットーであり、またそういう性分でもあった。

対面する部下の名村三曹が早くも酸素マスクをつけるの見て、西本曹長は、やはりこいつでも緊張するのか、いや、するだろうなと腹の内にとどめ、みずからも装備に不具合がないか、ざっと確かめてみた。

ＦＦ隊員の空挺服装は通常の「空挺降下の服装」とは異なる。むろん、一般にも公開されている空挺服を着用することもある。だが、展示訓練や駐屯地行事、雑誌等で公開されている迷彩色の装備は、いわば広報用、訓練用のものにすぎない。

今回のような極秘の任務では、非公開の濃紺または灰白色のジャンプスーツを着用したのちＦＦ武装セットを装着する。

しかも西本だけは額《ひたい》に日の丸の鉢巻を締め、顎ヒゲは完全に剃り落としたものの、口ヒゲはたくわえたままで、小銃入れには八九式小銃とともに二尺半（約八〇センチメートル）ほどの真剣を携えていた。わざわざ京都まで行って刀剣商から買い求めたしろものである。

「西本さん、あんた、いくら実戦だからといってだな、許されることと許されんことの判断くらいつくだろう」

少し前に、統幕からやってきた防大出の若い幹部にそうイヤミをいわれたときも、西本はなんら

臆することなく、

「はいっ、自衛隊法第八七条、武器の保有――自衛隊は、その任務の遂行に必要な武器を保有することができる。同第一一五条、銃砲刀剣類所持等取締法の適用除外――銃砲刀剣類所持等取締法（昭和三三年法律第六号）第二八条の規定は、自衛隊の保有する銃砲については適用しない、ということであります」

と自衛隊法をそらんじてみせて、無理やり帯刀を認めさせた。並みの隊員ならば、そのようなことで統幕のエリート幹部がおれるはずもないが、こと西本に関しては別である。

二つの防衛功労賞をはじめ一級賞詞、二級賞詞がそれぞれ一回ずつ。これにともなう二号、三号の防衛記念章のほかに十数回の各号防衛記念章、それに危険作業等従事者の表彰を受け、制服の胸にその略章が全部は収まりきれないほどだ。そればかりでなく、首相から授与される特別賞詞の栄誉にも浴している。

これだけの受賞は、幹部クラスそれも定年間近の将官クラスであってもなかなか難しい。本来ならば西本もまた、とんとん拍子でその幹部に昇進していてもおかしくはなかった。

そうならず、いまだに最前線で部下と泥まみれ汗まみれなのは、西本自身の意思だけでなく、彼の素行にも原因があった。

空挺団当時のことだ。

「うちの若いもんがこのあいだ、浦安の飲み屋で世話になったそうだな。まあ、うちの連中もあんたらもお互い血の気が多いだろうからケンカするなとはいわんが、しかし四対一ってのは、ちぃーと幼稚だとは思わんか」

「はあ？　どこのおっちゃんか知らんけど、ざけたこといってると、歯医者行くことになっちゃうよ～ん。

あのなあ、俺ら、ただのチンピラや思うてたら大間違いやで、おっちゃん。最近はチンピラかて組だけやのうてジムにも通ってるやつはおるんやでえ、あー、おヒゲのおっちゃーん」

地元の組に出入りしていることがわかっている関西訛り男の右の拳《こぶし》が顔面を捉えるより早く、西本の右足が、その男のみぞおちにぐぶっと深く鋭くのめりこんだ。

激痛に「あっ」という一言さえ発することもできず、それまで赤黒く紅潮させていた顔が見る間に蒼ざめていく。

「なめやがって、おうーっ」

「おら、おら、おっさん、粋《いき》がってんじゃねえぞ」

三〇歳かそこらと思われるチンピラ仲間の兄貴分らしい背の高い男が、そのままもんどりうって路上のゴミ溜めの中に倒れると、今度は気勢をあげながら子分らしき二人が襲いかかってきた。

敵の精鋭特殊部隊と互角かそれ以上に戦えるように鍛えている西本だ。相手がボクシングをやっていようが空手をやっていようが、チンピラ風情の半人前のゴロつきを「秒殺」するくらいのことは朝飯前だが、さすがに敵兵でも戦場でもないのに殺すわけにはいかない。

一人は金的を突いて最初の男同様に悶絶させ、残る一人は右肩の関節が外れる一歩手前まで捻ったあと、地面に仰向けにしてから左足の膝頭をドンと足底で強く叩いて、すぐには立ち上がれないようにした。

最初に男たちを見たとき、一〇秒くらいはかかるかと思っていたが、五秒ほどでケリがついた。

「あんたらツイてたな。今日は、これでも俺は機嫌がいいんだ。そのケガも二、三日、家で静かに寝てれば治るだろう。

じゃあな、今度うちの連中とやるときはタイマンてことで頼む。あんたらを締めてる幹部の山本ってのがいるだろう。あれ、俺の高校んときの後輩でな、話は先につけてあるから、くれぐれもあれの顔、つぶさんようにな」

「あっ、あー、おたく、痛ててーっ。わか、若頭のダチの、いえ先輩さんだったんすか。失礼ですが、えっと、どちらの……」

肩と膝を潰された痛みを堪《こら》えながら、きれぎれに問いかける最後の男に西本はていねいに返した。

「どちらのって。あー、言い遅れてしまって申し訳ない。私は空挺の西本といいます。まだしばらくは転勤もないと思うので、今後ともよろしく」

「くうてー?」

空挺の若い三曹が泥酔状態で地元のチンピラとやらかしたケンカのかたを、直属の長としてつけに行ったのである。


若い隊員によるヤクザとのこの種のトラブルは、金銭問題やら部隊への嫌がらせやらといったことに発展しかねない。

部隊では日頃から、街でのこうしたトラブルを避けるように「訓育」やその他の時間を設けて隊員たちを指導しているが、酒が入るとどうしてもタガが外れがちになるのは、民間人であれ自衛官であれ、同じである。

といってハタチを過ぎた者に対しては、少し控えろといったことはいえても、外に出て飲むなとまではいえない。

幸か不幸か、今回は先に三曹のほうがケガを負わされており、それに西本と相手方の上の人間とが個人的によく知る仲ということもあって、話は簡単についた。

そんなふうに下士官の下、つまり四つある兵(陸士)のランクの一番上である二〇代初めの士長時代から西本自身もまた暴力団との諍《いさか》いが絶えず、三〇代の頃には飲酒の末にチンピラや鉄砲玉を三人ばかり病院送りにして、服務規則違反で処分をくらっているのだ。

そのうえ部下の面倒見がよいのとは反対に、上司上官に対しては真に実力のある者でなければ、まったく相手にしないようなところがある。連隊長ほか団本部の高級幹部連の評判も、いいとはいえなかった。

さらに噂では、三〇代前半に一度結婚したものの子どもを病気か事故で亡くし、それがもとで離婚して以来ずっと独身らしいが、口の悪い連中の中には、実は男に興味があるのではないかと陰口をたたく者もいる。

ただし、自衛隊でも米軍でもホモセクシャルはご法度である。むろん、差別や偏見によるものではない。

有事において、男同士の性に絡むいらぬ感情のもつれなどが生じれば、部隊全体を危うくしかねないからである。米軍では男女の恋愛であっても、士官と下士官との間の結婚は禁じられているというから徹底している。

西本もその極端な性格ゆえに、公私のけじめだけはしっかりとつける。我を通すのにも、まず筋を通す。ヤクザが黒を白というのとは違う。

——近頃は、筋もんのくせして素人のじいさんやばあさんから金をむしり取るような、そんな筋を通さん連中ばかりじゃないか。

自身でもどこか任侠道に惹かれるところがありながら、堅気の衆には絶対に手を出さないヤクザに徹する「侠客」とは、およそ異なる外道《げどう》を曹長が嫌う理由もそこにあった。そう、なにごとにも筋を通すというのが西本の流儀である。

だからこそ、幹部連中も多少憎々しげに思うようなところがあっても、実務では、やはり西本頼みということになってしまう。

与えられた任務は常に完遂する男として、旅団どころか自衛隊内でも極めて貴重な存在であったのだ。そしてそのことは、所属する部隊が変わったいまも変わらなかった。

「空挺出身のあんたら二人にはご苦労だが、夜間HALOでの先遣偵察を頼む。摩耶山のガイシャが軍用の爆発物の類いで殺されたのは、まず間違いないらしいということだ。

問題は、おそらくそれに関係するとみられる複数の例の目撃証言なんだが、こっちのほうはいまだになんの手掛かりも得られていない。

いずれにしろ、あんたらもすでに承知のとおり捜索地域一帯は去年から奇妙な事件やら現象やらが頻発しているところだ。十分に注意するように。

俺を含めた三人も、あんたらの先遣偵察であらかた敵情が把握できたのち、ただちに地上からの捜索、調査等に参加する」

藤堂隊長の命令はそれだけだった。

ACUの役目は、一言でいえば敵のコマンド(特殊工作員)狩りである。

狐のごとく狡猾《こうかつ》で欺瞞に長け、ゲリラ戦や破壊工作はもとより情報撹乱やサボタージュにも秀でた難敵に対処するには、その上をいく戦術戦技を有するだけでなく、高度の専門特技や柔軟な思考が必要となる。敵の企図や戦術、行動を予測し、看破するためである。

にわとりやひつじが群れ集う牧場に一万匹の狐が放たれれば、その牧場はたちまち大混乱に見舞われる。異変に気づき、騒ぎを聞きつけて、武器を手にした農夫や警備員が駆けつけても大損害は免れない。

一万匹の狐が襲ってくる前に、様子うかがいに浸透してくるような数匹の狐を狩って大異変の兆候などを事前に察知することが、ＡＣＵ隊員たちに課せられた重要な「仕事」であった。

　もっとも早くから陸上自衛隊内には、通常戦とは戦術も戦技も大きく異なる非正規戦あるいは非対称戦と呼ばれる、まさに今日のような状況に対処可能な「特殊部隊」の創設を訴える声があった。

　実際、冬戦教や特戦群、それに海自の特警隊ＳＢＵ（特別警備隊）などの特殊部隊は、そうやってできたのである。

　だが、そうした従来型のいわば対テロ対ゲリラ戦を本務とする特殊部隊だけでは即応できない事態を想定し、それに備えて常態的に行動しうる少数精鋭の部隊創設を求めるような、部内では変わり者と目される者たちもいた。

　その実験部隊ともいうべきＡＣＵを率いる藤堂一尉も、西本や名村たちと同じで、数少ない変わり者の一人だった。

　最初出会ったころは、いけすかない感じだった藤堂一尉のことも、寝食をともにするうちに西本は信頼できる将校としての感を強めていた。なにより、みずから率先してやる点が、とにもかくにも現場主義、実務主義の西本は気に入っていた。

　この命令を発する前も、藤堂一尉はゲリラの伏撃や遭遇を恐れることなく、単独、三日三晩通しで摩耶山系を踏破し、地理的状況を把握していた。

　今回の西本曹長らの任務は、神戸六甲山系に潜んでいるであろう敵の工作員だか特殊部隊員だかの潜入目的と行動拠点およびその動静を、相手方に覚られることなく探ることにあった。

　この山中での一連の不可解な事件や現象も、連中の仕業ではないかと上が睨《にら》んでいることくらい曹長にもすぐにわかったが、自分たちの先遣偵察によってそのすべてが氷解するとも思えなかった。

おそらくは早くても三、四日、長ければ一週間以上を要する長距離偵察である。

ＭＣ‐２特殊輸送機からのＨＡＬＯによって、山中に点在するカントリークラブのコースの一角に降下する必要があった。

そこからは、連日徒歩機動により敵の痕跡を追い、逐次、作戦本部へと報告を送る。ヘリでの接近は敵に気づかれるおそれがあるからだ。

守護神のブレーカーズは、敵掃討の支援あるいは救助や離脱のときまで温存する必要があった。

作戦終了日がいつになるかわからなかったが、統幕に置かれた統制本部から藤堂一尉へ撤収命令が発せられるまで、それは続く。

「現在、高度八〇〇〇メートル、六甲山上空、対気速度一四〇ノット（時速二六〇キロメートル）東の風、風力五」

コクピットからの伝達事項をＬＭが復唱する。

いよいよである。さきほどから貨物室内の圧力は徐々に下がっていた。

酸素マスクとバイザーで顔を覆った西本は、獣のごとく全神経を研ぎ澄ませながらも機内のランプに注視する。

数秒と経ずに赤から緑へと変わると、後部扉まで移動していたＬＭの二曹が、やはり酸素マスクをつけたまま、その扉を強く開く。

「降下用意よし」

マスクにも着脱できる無線を通じて発せられる西本の声は、ＬＭだけでなく機長にも通じているはずだった。

従来であればマスク着用時には手信号で意思疎通するしかなかったものが、いまや格段の進歩である。規定どおりに一旦、ＬＭが西本の言を受けて機長へとあげる。

「降下用意よし！」

「了解、降下せよ」

機長がいうと即座にＬＭが発した。

「降下よおーいっ、降下、降下、降下」

扉のステップに足を置く西本を先頭にして、二名の獣戦士たちは、一列で一気に闇の中へと身を没していった。

すぐに個々に亀の子のごとく両手両足を大きく開いてフリーフォール姿勢をとると、暗視装置で互いの位置を確認し合う。

夜光塗料と微弱な発光機能を持つ左手のデジタル高度計とＧＰＳを瞬時に読み取り、西本はナビゲーション（航法）に移った。自由降下とはいえ、両手両足でうまく舵を取って落下の方向や姿勢を安定させなければ、まさしくただ落ちていくだけとなる。

この姿勢を保つことができれば、空気抵抗により降下速度は時速二〇〇キロメートルあたりで落ち着くが、両手を体側にして上体をそらすダウンフォール姿勢で降下すれば、その速度は三〇〇キロメートル近くにもなる。

幼児なら、ほぼ間違いなく首の骨が折れるはずだ。いや大の男であっても、酸素マスクなし、ジャンプスーツなしでは失神は免れないだろう。

万全の装備に酷寒の外気は中まで浸透してこないが、吹きすさぶ風の轟音とマスクもなにもかも剥《は》ぎ取られるのではないかという感覚は、いつもながら拭えない。

落下、降下するというよりは、空気の層に叩きつけられるといったほうがあっている。およそ二分近く、それに耐えなければならないのだ。

すべては訓練の賜物《たまもの》だった。通常の傘では何度も降下したことがある者でも、自由降下の経験のない者は、これらの姿勢をなかなかとることができない。

バカでかいファンを底に置いた巨大なエアバッグのような地上の専用施設を使い、背骨や手足の骨がきしむほど徹底して、来る日も来る日も亀の子の姿勢をとらされる。遊んでいるようにも見えるが、学生は真剣そのものだ。

それも昨日今日入りたてのひよっ子の空挺隊員ではない。降下長の経験を持つほどの隊員たちが、ときに油汗や冷汗を流すようにしてFFの訓練を受ける。

むろん西本も例外ではなかった。当初二〇名近くいた同期の訓練生は、FFの最終教育課程が終わるころには、わずか六名に減っていた。

過酷な状況に置かれながらも、西本にはベテランとしての余裕があった。むかし叩き込まれたことを、西本は教える側の技量を持つに至ったいまもなお実践しているし、部下たちにもずっとそう告げてきている。空挺降下における危険とは、死に直結する危険といっても、少しもおかしくはないからだ。

FF用の主傘は、降着する地点をゼロメートルとして高度七五〇メートルで自動開傘するようになっている。飛び出しの際に隊員が機体や他の隊員に頭を強くぶつけたり、酸素マスクに不備があったりして、仮に失神した場合を想定してのことである。

それでも傘を自ら操縦せずに地面に降着するということは、ほぼ間違いなく身体のどこかを傷めることを意味する。人は立っていて急に転んだような場合でさえ、頭を打って死ぬことがあるのだ。

開傘時の降下速度は毎秒五メートル程度だが、時速でいえば一八キロメートルである。軽く自転車をこいで、壁や静止した車にぶつかったときくらいの衝撃を受けることになる。

降下速度の速い通常の傘ならその衝撃はもっと

強くなるため、操作に長けた隊員であっても、とてもラムエア型のようにふんわりと降りることはできない。地上を吹く風によっては、家の二階、三階から飛び降りた場合の衝撃を味わうことになりかねないのだ。

FF用の傘と異なり、風が強い中で着地間際に両足を開いて地面の岩や窪地にでも片足をつくことにでもなれば、下腿や腰の骨折、捻挫はまず避けられない。

そのため空挺一年生は、最初の教育期間中に柔道の受身に似た「五点着地」という着地要領を、体に覚えこませるまで徹底して演錬する。

MC-3は一定の条件下では、うまくコントロールしさえすればそうした着地も必要ないが、すべては地上の風次第だ。どのような傘であれ、またどのように技量の高い隊員であっても、降着時の突風を防ぐのには限界がある。

しかし、自由降下のあいだはそれを知る手立てはない。開傘後の、つまりはその場の勝負となる。傘がどんどん流されていく。

――基本に徹しろ!

西本は自分自身にそう言い聞かせた。

それにしても風が強い。経験の浅いジャンパー(空挺兵)であれば、骨折や大ケガをする可能性のある悪環境を克服し、ゴルフ場へと舞い降りた二人は即座に索敵行動に移った。

狐を狩ること自体は、そう容易《たやす》いことではないが、狐の匂いを嗅ぎ取ることに慣れた猟犬にとって、その巣や怪しげな影を捜しだすことは決して困難ではなかった。

「曹長、政治家ってのは、いまのこの状況ってもんを本当にわかってるんでしょうかね。なんだか連中の尻拭いばかりやらされてるみたいで、ときどき割りにあわねえんじゃないかって思うことがあるんスよ」

降着後、藤堂たちとは別行動のまま、二日が経っていた。周囲を警戒しながらも小声でそう告げてくる名村三曹に、曹長はもまた声を押し殺すようにして返した。

「戦略だ、戦略。上は戦略をやるが、俺たちは戦術をやる。その違いだ」

「じゃあ、その戦略がまずいってことスか、やっぱ」

「ああ、たぶんそうなんだろうよ。政治だろうが仕事だろうが、なんにしても上がトロけりゃ、現場が苦労することになる」

国家危急存亡のときに至るも、革新野党の議員のみならず、保守与党の中にも現内閣の責任追及に血道《ちみち》をあげんとする議員が出る始末で、現場の自衛隊のみならず日本の政治中枢もまた、敵の奇襲に内部から混乱を来たしかけた。

しかし、それこそが中国の狙いだったのである。武器や装備といったハード・キルだけでは十分でないことを熟知していたのだ。

彼らは一九九〇年代から、ソフト・キル戦術を日本国内に徐々に浸透させていた。

それは、政治家や実業家を取り込むことであったり、表向き合法なフロント企業を立ち上げたり、あるいはスリーパーセルといった工作員を送り込み、日本国内にシンパや土台人と称する「協力者」を作り上げていくことだった。

こうした中国の画策に対して、日本もまったくの無策というわけではなかったが、といってあきらかな違法行為でも認められないかぎりは、ただ重要人物や特定組織の厳重な監視をおこなうしかなかったのである。

そのうえ朝鮮戦争以降の北の対南工作を警戒し

て諜報戦の実績を積み重ねていた韓国と異なり、日米戦以降長いあいだ、自国のスパイ養成すらままならなくなっていた日本では、「エリント」と呼ばれる敵性通信や電波情報の収集以外には、諜報戦のノウハウは皆無といってよかった。

自衛隊に、それまでの「普通科（歩兵）」や「特科（砲兵）」「機甲科」と同格にあつかわれる「情報科」の職種が設けられたのも、ミレニアムを過ぎてだいぶ経ってからのことである。

そして、エリント要員を養成する陸上自衛隊の小平学校にしても、旧陸軍のスパイ養成所だった中野学校とは似ても似つかない「軍の外国語学校」でしかなかった。

敵性人物の監視ということでいえば、自衛隊よりも公安警察のほうがはるかに上であり、豊富な経験を有していた。

頼みの綱となるはずの日本版ＮＳＡ（国家安全保安局）の設置も掛け声ばかりで、結局は関係各省庁のセクショナリズムが邪魔をして、いっこうに具体的なかたちを見ないまま沈没してしまった。

対立は庁から省へと昇格し、俄然力を得た防衛省とそれを警戒する警察庁、これに本来は警察庁の下部組織である警視庁が加わり、三つ巴《どもえ》の様相を見せた。

そのうえ対テロ事案を積極的にあつかうようになった海上保安庁も、強気な発言で主要ポストの座につくことを主張して譲ろうとはしない。

東シナ海の海賊情報や船舶情報を、海上自衛隊から出張ってきた制服幹部によって、ＮＳＡ内で一手に握られてはかなわないというのである。

そうした海保の反応は、自衛隊側には意外なものとして映った。不審船事件やテロの多発を受けて、一時は海自との連携や協力をおしまなかったにもかかわらず、情報の共有化や提供についてはひどく難色を示したからだ。

しかし、それには理由があった。整合性の問題である。

自衛隊は二〇世紀を終えるころには陸海空統合運用の基礎を作り上げ、個別の訓練や実動演習などを通じて三自衛隊の情報伝達やソフト面での整合性を図ることに成功していたが、海自と海保とのそれは未整備であった。

極端な話、同じ海の防人《さきもり》でありながら、一九八〇年代ごろまでは海自は海自、海保は海保という互いに独自のやり方を通すなか、同名の艦船が存在することもめずらしくなかったのだ。

さすがにいまでは口にする者はいなくなったが、まだ「犬猿の仲」と呼ばれていた時代のことである。当然ながら、長らく連帯意識に欠けたこの二つの組織の独自性をすり合わせるには、ちょっとやそっとの協力では不十分であった。

海保がみずから収集した情報を海自担当者が詰めるＮＳＡに送れば、それは当然のごとく軍の仕様に変換されて内閣へと送られることになる。

かといって、海保が従来どおり直接内閣へと情報を送るのであれば、ＮＳＡの存在意義はない。また反対に、海自やＮＳＡから情報が海保側へとフィードバックされるときには、彼らの仕様を海保の仕様へと「翻訳」しなければならなくなる。

そうした面倒は避けたいものの、海保としては自分たちの仕様を一方的に自衛隊の仕様へと合わせるのは、非常に大きな抵抗があった。抵抗感だけでなく、多大な時間を要することでもあった。

いや、ある意味、それまでの海保としてのアイデンティティーを失うことにもなる。

海保が米国沿岸警備隊のごとくに平時から自衛隊の仕様に準じて組織統制し、有事状況下において海自隷下に入るには、いろいろな点でまだ時間が足りなかったのである。

とはいえ、情報の共有化には海保としても魅力がある。海自主導の船舶統制やその中での臨検活動、対テロ戦の実施、あるいは連絡、調整など、いくつかの点は受け入れざるをえないにしても、NSAに自分たちのかくたるポジションを得るという点だけは譲れなかった。

名のある政治家や識者は、マスコミを利用して情報の一元化だの共有化だのと無責任に叫びはしたものの、こうした各省庁の譲れない部分をいかに解決するかといった具体的な妙案や良案を出すまでには至らなかった。

いずれにしろ、各省庁の情報部局の情報を分析し、一元化して内閣にあげるための組織の内部で、そのポストや権限をめぐって端から衝突しているのだから始末に負えない。

そういう意味では、武士の世とはいいながら村社会特有の、あれやこれやの合議の最中の黒船来航に右往左往した徳川治世のころから、基本的にこの国は少しも変わっていないのかもしれなかった。

曹長のそんな逡巡には関係なく、狙撃手として鼻の利く名村がふいに足をとめると、そのまま静かにしゃがみこみ、手にした狙撃銃の暗視スコープに目を当てて前方の闇を注視した。

曹長が同じように音を立てずに体を沈めた。

「前方、五〇、木立の中、銃、持ってます。たぶん一名」

さらに声量を落とした名村が報告した。

「よし、マーク（照準）、そのまま」

「りょ（了解）」

名村が返事して数秒と経たなかった。

「向こうもたぶん気づいてますね、曹長。やりますか」

「よーし、見えたぞ。ちょい右のアレだな。(銃は)構えてないようだ。まだ待て」

「りょ」

――なんだ！

曹長の腕につけた携帯通信端末のＬＥＤが小さく明滅したあと、液晶表示部に角ばった緑色の文字が浮かぶ。

『ニンムチュウシ　ＬＺヨリ　シキュウリダッセヨ』

ＬＺとは事前に決めたヘリの降着地点である。引き上げ命令だった。

「至急離脱せよ、だ」

「くっ、仕留め損ないました」

二人は音を立てずにその場を離れると、ＬＺへ向かうことにした。

「名村よ、殺《や》ってたら何人目になる？」

「六人目です」

「これまでの連中は全員ゲリラか」

「いえ……一人は民間人です。といっても、極道やら朝鮮やらとつながりのあるヒットマンですがね」

「ああ、あれか。あれは、たしか機密扱いになってるんだったな」

「ええ、あのときの的というのは、表向きはなんちゃら会とかいう極道の用心棒で、フランスあたりで元傭兵やってたやつだとか。

対立する組の人間を三人ばかり密かに消してたようですが、朝鮮の工作員とも通じていて、麻薬密売の裏稼業なんかもやってたってやつです」

「ほう、その野郎が傭兵だってことは前にも聞いてたが、シャバで人殺しまでやってたとはな。で、なんでおまえが？」

「最初は警察のＳＡＴかどこかでやる手はずだったようですが、知ってのとおり、公安にも刑事部にも警察の中には某政党のスパイが潜りこんでますからね。それで足がつかないように、うち（自衛隊）に振ってきたんじゃないスかね」

「しかし、お上だってただの凶悪犯を警察にしろうち（自衛隊）にしろ、殺らせるようなことはせんだろう。マスコミ沙汰にでもなればそれこそだ」

「それについては、特防秘（特別防衛秘密）ってことになってます。かなりやばい話なんで、結局、俺もお払い箱ってのかディスポされて、ここに（ACU）入れられたってことなんじゃないスかね」

「ディスポ？」

「ええ、使い捨てってことです」

「なるほど、使い捨てか。だったら、俺たちもまだまだ使えるってとこ、見せてやらないとな」

それに今日は、おまえがいつもいってる人殺しじゃなく、逆に人助けしたってことになるな。あのゲリラ野郎が、また悪さして善良な市民にでも手を出したりしなけりゃな」

——どんな人間にだって、自分にとっては特防秘なみの過去ってもんが一つや二つはある。曹長は、名村三曹のいうやばい話には、あえてそれ以上は触れなかった。

連絡を受けてからちょうど三〇分経ったとき、同型ながら通常の自衛隊ヘリよりも格段にエンジン音の小さな黒塗りのヘリが藤堂一尉を乗せて現れた。

それは最初からACUとの行動をともにすべく、同じ統幕内に設置された「特殊支援飛行班」ブレーカーズのMH‐60J特殊戦ヘリだった。

「あんたらには要らん手間をかけてしまってすまないが、今回の狐狩りは、突然だが上の判断で急遽、偵察および情報の収集を徹底せよということで、出直しになる。待機ってことだ。

まあ、一週間かそこらだろう。それまでお楽しみは、お預けってことだ。いやあ、急ぐ必要はない。じっくりやろう」

二人がヘリに乗り込むと、すでに他の二人と機上にあった藤堂一尉は、ヘッドセットを通じてそう告げた。冷静に語りはしているが、言葉の端々に悔しさがにじんでいるのが曹長にはわかった。

「まあ、とにかく幽霊の正体というか人魂の正体というか、そいつがＵＦＯだの秘密兵器だのといったもんじゃなくて、結局はゲリラ野郎、つまり我々と同じ人間だってことがはっきりしただけでも、よかったんじゃないですかね。そう思いましょうや」

曹長が笑顔を見せながらそう返すと、藤堂一尉が今度はいくぶん声の調子をあげて応じた。

「そうだな、俺たちも影武者だろうがなんだろうが、これから忙しくなるのはまちがいない。まあ、あせらずにいこうや」

それに答えたのは、西本曹長ではなく名村三曹だった。

「けど、隊長、今日の俺たちの日当は出るんですよね。降下手当、四千何百円だったか忘れちゃいましたけど」

曹長も一尉もこれには、ただ笑いながら二度、三度と大きくうなずくほかなかった。

ただ、そうやって部下たちの労をねぎらいながらも、藤堂には、まだ「事」のすべてが解決したとは思えなかった
実際、その後、藤堂、西本らのこのＡＣＵはブレーカーズによる航空支援のもと、正体不明の複数のゲリラを掃討し、負傷した民間人一名を救出、救命したのである。

終章　沖縄

二〇二〇年六月
沖縄那覇　陸上自衛隊那覇駐屯地

「仕事だ。今度は、いよいよ沖縄へ行く」

ＡＣＵの隊長藤堂一尉が部下を集めてそう言ったとき、だれもそれに対して不満をぶつけたり、質問したりすることはなかった。

だが、その理由が現地でべつの隊と協同で対テロ戦を実施するためだと聞かされたとき、隊でもっとも口数の多い名村三曹が、みなを代表するようにして訊ねた。

「上からの命令ってことはわかりますが、その命令を出した偉いさん方ってのは、うち（ＡＣＵ）がどんな隊かご存じなんですよね」

「もちろんだ。いまさらいうまでもなく、うちへの命令は、常に統幕の統制本部長から直接下令されている。どうした名村、それがなにか気になるのか」

「いえ、そうじゃありませんが、この隊はもともと汚れ仕事っていうか、とにかく通常の表の部隊がやらないこと、やれないことをやるために作られたわけでよね。それをいまさら表の部隊といっしょに事にあたれと。そういうことなんでしょうか」

名村のことばに加勢するかのように、田中二曹もそれに重ねた。

「私も名村がいうように、自分たちの秘匿性が危うくなるようでは、今後の任務にも影響すると思います」

「なるほど、二人の考えはまちがってないと俺も思う」

藤堂一尉ははじめにそれだけ返すと、少し間を置いてから続けた。

「実は、これは沖縄に着いてからあんたらにはいうつもりだったが、無用な疑問を抱えたままだと落ち着かないだろうから、ここでいっておく」

隊長のそのことばに、西本曹長が、よしまず隊長の話を聞こうというふうに、名村と田中、それに端《はな》から静かな三田三曹を目で制した。

「実のところ、政治、政権についてはともかく、上（統幕）は現在の我が国の状況について非常に危惧している。簡単にいえば『日本はこのままじゃやばい』と、上は考えてるってことだな。

その理由《わけ》というか詳細については、俺も知らされていないが、とにかくこのままテロや局地戦が続けば、国が傾く可能性もあるということだ」

「わかりました　隊長、どうぞ続けてください」

めずらしく西本曹長が口を開いてうながすと、藤堂一尉は曹長を一瞥《いちべつ》してから軽くうなずいて核心へと触れた。

「隊（自衛隊）には、世に知られた特殊部隊と、うちのように部内の人間ですら知らない者が多い秘匿されたその種の部隊とがある。

しかし前者は特殊とはいえ、表にあることから統制的な運用が可能だが、うちのような隊はさっき名村三曹、田中二曹がいったように部隊の性質上、これまでてんでに、つまり個別に運用されてきた。上は、それを今後はどうも統制的に運用したいと考えているらしい」

「つまり、陸か海か空かは知りませんが、やはりうちらみたいな裏稼業をやってる他の部隊と組むと、そういうことですか？　けど、うち以外にそんな隊があるんでしょうかね」

やはり名村が疑問をはさんだ。

「いや、部隊の編合ということではなく、まあ、簡単にいえば、あんたらと同じか、あるいはそれ以上のスキルを持つメンバーを増やして、うちに足りないようなノウハウを取り込むということになるだろう」

「ああ、そういうことなら問題ないっス、自分としては」

名村の能天気とも思えるような弁とは反対に、西本曹長が発した。

「しかしその場合、新たに加えるメンバーが信頼に足るかどうかが、我が隊としての一番の死活問題になるんじゃないでしょうか」

「曹長、あんたのいうとおりだ。俺もそれがどんな人物なのか、まだ知らされてない。とにかく沖縄に飛んでその者たちと接触してだな、いっしょにやれるかどうか、現地で仕事をしながら判断しろということだ。

いや実際には、やれるかどうかじゃなく必ずやれ、組めということになるだろうな。上は、それを期待している」

沖縄へ発つ前に部下にそう話した藤堂は、民間機で那覇空港に着き、さらに指示されていた那覇駐屯地へ着いて、そこで相手とはじめて会って、自分自身が驚くことになろうとは思ってもみなかった。

その相手とは幹候校時代の同期、山岡一尉だった。山岡が初任幹部の三尉時代に空挺団へと進み、その後、難関の試験を突破して特戦群へと移ったところまでは藤堂も承知していたが、それ以降は互いに音信不通となり、以来もう何年も会っていなかったのである。

驚きを隠せなかったのは、山岡にしても同じだった。

「まさかなあ、防大出と張り合えるほどの頭を持ったおまえが、俺がかつて熱望していた統幕のＡＣＵでだな、隊長やってるとは見当さえつかなかったよ」

親しみを込めた山岡のことばに藤堂も返した。

「いやあ、こっちも、あんたはてっきり特戦群でバリバリやってるんだろうなあと思ってたさ。しかし、目下このきな臭いところ（沖縄）にあんたが送られてきてるってことは、やっぱりいよいよってことのようだな」

久々の再会の感激に、二人がいつまでもどっぷりと浸っていることはできなかった。

沖縄の各所にも、表に裏に巣くう武装した反日組織やテログループの捜索あるいは掃討、またそうした計画について、一刻も早くとりかかる必要があったのだ。

テロの被害の犠牲者は自衛隊員のみならず、民間人にまで及んでおり、その数も日増しに増えている。すでに本土にも、藤堂がいうきな臭さは漂っているが、こと沖縄に関しては、すでに警察、機動隊の対処能力を超え、自衛隊初の治安出動命令が下される一歩手前にまで達していた。

藤堂が率いるＡＣＵと山岡が合流した日の翌日だった。那覇駐屯地に、山岡らと会うべく一人の海上自衛官が訪れた。

「佐地監からやってまいりました佐藤です」

山岡らを前にした佐藤三佐の第一声はそれだった。

物腰が柔らかく、長髪のなで肩で、制服を着ていなければ自衛官に見えない容貌をしており、藤堂には最初、これがほんとうにうち（ＡＣＵ）に加わるメンバーの一人なのかと訝《いぶか》しく感じられた。

元SBUという経歴も信じがたかったが、上がいい加減な人間を送ってくるはずもなく、藤堂は、いずれにしても互いを理解するには少し時間がかかるかもしれないとも思った。

とはいえ、これで自分たちの隊に新たに加わる二人がどういう人物なのかは、はっきりした。だが佐藤は、藤堂らを最初からべつな意味で驚かせた。

「あなた方が神戸で見たのもそうですが、ここ（沖縄）でも本土でも、以前から目撃されている白光現象については、おそらく中国製のEMP弾ではないかと、あくまでも個人的にですが、私はそのように考えています」

話の中身それ自体にというよりも、なんら確証のない、いわば妄言ともいわれかねないようなことを、佐藤三佐が確信をもって語るその幹部らしからぬ姿を、藤堂らは不思議そうに見るしかなかった。

しかし、佐藤の話は荒唐無稽として切り捨てるよりも、むしろそうかもしれない、そうではないかと受けとめるほうが辻褄《つじつま》が合うようなところがあった。

EMPとは電磁パルスのことで、強力な電磁パルスは車両や艦船、建物等の電気系統や電子回路をダウンさせる。

すでに一九七〇年代には、ソ連時代のロシアが戦車を機能不全にするほどの陸上型の電磁パルス砲を実用化したが、当時は大電力や費用対効果の面からすぐに実戦配備から外されることになった。

八〇年代以降も米軍では研究が進み、イラク戦争では航空機用のEMP爆弾がイラクの変電所や施設をダウンさせるために使用されたともいわれている。

また、弾道ミサイルの核弾頭を高度数十キロメートルの上空で爆発させる際には、地上の広範囲に強力なＥＭＰが照射されることもわかっている。

佐藤がいう中国のそれは、核弾頭を除けば米軍と同じ航空機搭載型の大型のＥＭＰ爆弾や長距離空対空ミサイルを改良した、局地攻撃型のＥＭＰミサイルであった。佐藤は、さらにはＲＰＧや携帯ＳＡＭを利用して発射する小型のものも開発されている可能性があるという。

真偽のほどは定かでないとはいえ、中国は数年前、メディアを通じてＥＭＰ弾の開発に成功したと一方的に報じている。

ところが日本では、いまだに防衛装備庁の研究開発部門で、同種の武器の研究がおこなわれているにすぎない。

もし佐藤の観測が完全に的を射たものであれば、次にまた日中の衝突が起きたとき、中国は今度は徹底したＥＭＰ攻撃に至るかもしれない。そうなれば、ハイテクを自負する日米の武器の多くは無用の長物と化すことになる。

事実、二〇一九年の「南西防衛戦」と、続く二〇二〇年春の陸海空の全自による「鉄の蜂作戦」でも、それを想起させる事態は起きていた。

兵力にしても継戦能力にしても中国軍に大きく劣る自衛隊は、数で圧倒してくる中国軍に対し、機先を制して敵の先遣や攻撃の出鼻を逐次叩くことにより、主作戦自体を挫《くじ》くしかなかった。

すなわち空自は戦闘機で、海自は潜水艦と海空部隊の各種の誘導弾等で、また陸自は対空対艦誘導弾によって、まさに蜂のごとくに中国軍海空部隊を各個に迎え撃つのである。

しかし、日本の国土面積は中国の二五分の一ほどだが、南北に延びた国土には本土のほか六八〇〇にも及ぶ有名無名の島々が付帯しており、四方を広大な海に囲まれている。

荒唐無稽とはいえ、中国が領有を主張するまごうことなき日本領の尖閣諸島と、本土の鹿児島からは八〇〇キロメートル以上も離れている。

そのため「南西防衛戦」では鎮西作戦を発動し、自衛隊は戦いの正面と後方の守りの双方にくまなく対処すべく、持てるかぎりの部隊を展開させることになった。

敵の海空さえ徹底して抑止できれば、日本には海空路づたいにしか侵攻できない中国軍の陸上部隊は脅威となりえない。

そして、この間に日米安保の発動により米軍の支援を得て、いよいよ主攻へと移る中国軍を封じるのである。

だが二〇一九年六月末、宮古島それに石垣島は中国海軍の部隊によって、正しくは中国人民解放軍海軍の特別陸戦隊によって奇襲攻撃を受けたのである。

二〇一九年六月
宮古島　空自第五三警戒隊

数秒前にレーダーで捉えた目標をディスプレー上で追っていた監視班の二曹が、いくらか慌てたような口調で、すぐそばにいる指揮官へと告げた。

「チーフ、ノイズ・ジャミング（電波妨害）です」

「了解、対処せよ」

「了解、対処します……チーフ、対処できません」

「どうした、全部ダメなのか」

「はい」

J／FPS‐7レーダー・システムは、以前のものにくらべて、弾道ミサイルのような高速の目標の捕捉にも、また巡航ミサイルのような小型の目標の捕捉にも優れている。

システムは一体化されているが、レーダー自体は遠距離用と短距離用に分かれており、それぞれの探知精度も高い。

それだけではない。敵の電子戦機によるジャミングの回避能力にも長けている。その空自最新のシステムが、目標を捉えてすぐにダウンしてしまったのだ。

三年前の二〇一六年の冬にも、戦闘機に護衛された二機の中国空軍の電子戦機が飛来したが、このときはシステムに異常はなかった。

しかし、今回は違う。システムそのものを電子的に破壊しかねないほどの強力なジャミングである。

ただならぬ状況に、現場指揮官のチーフの一尉が電話で警戒隊長の二佐へと事の次第を告げた。

「これは……（敵が攻めて）来るかもしれんね。管理班を出そう」

管理班は警戒隊内の基地業務隊に属している。必要に応じて武装し、隊の規律、警備にあたる隊員たちである。拳銃、小銃、手榴弾のほか、携帯地対空誘導弾などもあつかうことができる。

空自基地警備隊の縮小版のようなもので、おもに基地を襲撃してくる敵のゲリラやコマンドを迎え撃つ班だ。

正規の班員自体は五、六名ほどだが、状況に応じて他の部署から事前に指定された隊員がこれに加わる。現状は、まさにそのときだった。

「基地警備を厳となせ」

警戒隊長がそう発してから三〇分と経っていなかった。

パラパラと複数のローター音が突如、基地上空に響いた。ただし、陸海空自の聞きなれたそれとは違う。

ロケット弾らしき発射音が空のほうからしたかと思うと、突然、基地の建物の一角が爆発音とともに炎上した。

「敵襲ーっ！」

管理班の班長の一曹が、そばの部下や無線に告げるというよりは怒鳴ると、キッと目を見開いて、近づくエンジン音、ローター音から敵のヘリが降着していると思われる地点へと走った。

ついてこいといわずとも、訓練された部下が無言でしたがう。

この間にも、上空直掩の敵ヘリから数発のロケット弾が基地内へと放たれた。そして、管理班長ほか武装した隊員たちを、べつのヘリから早くも降着し、展開したらしい敵兵からの射弾が襲った。

一人が倒れ、一人が肩を射抜かれながらも懸命に走る。

「伏せっ」

班長の指示に隊員たちが訓練どおり即座に反応する。敵が投擲《とうてき》した手榴弾の破裂からは、その場の全員がかろうじて負傷を免れた。

——くそおっ、相当に鍛えられてるな　降着後の展開も空挺の連中なみに速い。射撃も精確だ。このまま伏せていても、みすみすやられるだけだ。

四〇歳過ぎの班長にも、これまで実戦の経験はなかったが、過去に陸自での訓練経験がある彼には、敵は陸の熟練の普通科隊員（歩兵）かそれ以上の練度があるように思われた。

「よし、目標、前方の散兵。隠蔽掩蔽したのち、そのまま各個に撃てっ。かかれ！」

指定の隊員を含めて、三、四名ずつ基地内の三箇所に分けて隊員を配置したが、敵の主力がどこでこちらのどこを主攻としているのか、班長には読めなかった。

とにかく眼前の敵を無力化するほかない。弾は一人あたり一〇〇発ずつ支給したが、それでも二〇発入り弾倉五箱分にすぎない。

連射なら一箱四、五秒で撃ちつくす。そういうでたらめな撃ち方をしないよう日頃から訓練しているが、今日の状況は訓練とはまったく違っていた。

ふだんは陸にならって、もっぱら三点制限点射（三点射）に徹する。八九式小銃の切替金《きりかえがね》を、ア（安全）・タ（単発）・レ（連発）・3のうち3にセットすれば、一回引き金を引くごとに三発だけ連射される。

八九式小銃で使う五・五六ミリ弾は、それまでの六四式小銃やM1小銃の七・六二ミリ弾よりも小さいことから、一発では、命中しても敵の動きを即座に止められないおそれがあった。

実際、米軍歩兵の標準装備であるM - 4小銃も五・五六ミリ弾だが、アフガニスタン紛争やイラク戦争では、事前に覚醒剤等を服用したゲリラやISISの兵がこの弾を数発浴びながら、ゾンビのごとくなお攻めてくるようなことがあった。

それでもこの小口径弾を使うメリットは、重量が軽いので個人で携帯可能な弾数を増やすことができる点にある。

これまでは胸部から顔部、頭部の上半身に三発を集弾させることで、敵を確実に倒すという訓練に徹してきたのだ。

「訓練どおーりっ、よーく狙えっ。無駄弾を撃つな」

班長は、あと一〇〇発ずつ渡しておけばよかったと後悔したが、あとの祭りというやつだ。最悪基地内にたてこもり、そこで補給するという手もあるが、それは最後の手段である。

想定している戦闘状況も、敵も味方も基地内の建物周辺や屋内にある場合で、基地周辺の山野で野戦のごとくにやりあうことは考えていない。

そもそも空自の基地警備隊や管理班の役目は、

陸自の支援が得られるまでの初動対処にある。

前方およそ一〇〇メートル、木の幹に立ち姿を隠すようにしてこちらをうかがう人影を見とめた班長は、それを狙って撃った。

タタタンと短い音を発して弾が発射されたが、幹を叩いただけで、目標には命中しなかった。

敵が再び幹に身を隠す。

——頭、頭、だせっ、くそっ。

息があがっているのはわかったものの、班長は次に引き金を引いた瞬間に、さきほどの位置に敵がもう一度身をさらすのを期待し、二、三秒置いてそのまま、もう一連射した。

予想どおり引き金を引いたそのせつな、敵が姿を見せると、弾着と同時にその場にくずれ落ちた。

味方の負傷者のことも気になるが、目下の班長には、それを確認する余裕などなかった。

掩蔽のコンクリートブロックの陰からざっと見ただけでも、まだ二、三名の敵影がわかる。

むろん、敵弾もこちらへ向けて容赦なく飛んできて、あたりのありとあらゆるものを穿《うが》っていく。

その音も衝撃も班長には、いや他の隊員たちにしてもはじめてのことだった。訓練では経験することのないものだ。

「班長ーっ、幸田《こうだ》三曹の脈、ありませんっ」

部下の士長が二、三〇メートル後方から声を張りあげて告げてくる。

最初に移動しようとした際に敵弾を受けて倒れた隊員だ。

——バカやろうが、敵前で身を乗りだしやがって……それじゃあ、撃ってくれといってるようなもんだろうが。同僚への気づかいはわかるが、敵が撃ってくるあいだは、どうにもならんというのに。

班長はそう思ったものの、怒りを抑えて若い士長へと返した。

「わかった。幸田のことはいいから、おまえも身を隠して応戦しろっ。早く」

そのとき敵弾の数発が、班長が身を隠すブロックを穿ったが、うち一発が貫通して右の太腿の端をはじいた。

激痛ではなかったが、刃物で切り裂かれたような痛みが走る。班長は思わずその場で一度膝をついたものの、すぐに危険を察し、体を地面に転がすようにして、弾着の位置から離れた。

思ったとおり、同じ位置に敵は射弾を送ってきた。ブロックの一部が欠けて穴が開く。

やはり、民兵やゲリラなどとは異なるプロの兵である。

班長はその場から移動しようとしたが、右足に思うように力が入らず、しまったと思った。

こうした負傷を想定した訓練では、たしかに三角布や包帯、止血帯なども持参して使い方なども訓練するが、通常、野戦訓練以外の訓練では、そうした救急用品を個人が携えることはない。このときもそうだった。

これが、何度も実戦を経験している米軍と、想定ばかりが訓練の中心となる自衛隊との違いなのかと、班長はこのときになって、ようやくその違いがわかったような気がした。

幸い傷は外側だけで、中の動脈などを傷つけたようではなかったが、それでも血が空白独特の迷彩戦闘服の下衣を濡らしているだけでなく、ドボドボとしたたっている。

――そうか、タオルだ。

タオルは通常でも戦闘服とはセットのようにして携帯することになっていたから、班長はそれを使って止血帯代わりにすると、今度はなんとかひとりでも歩行することができた。

これが動脈なら、そんなものではおよそ止血にならない。そんなときは止血帯がなければ、下衣のベルトを抜いてきつく縛るほかないのだ。

動脈が大きく傷ついた場合、そのまま放置すれば早くて五分、遅くとも一五分で意識を失い、そのまま死に至る。だが、実戦を知らない自衛隊では陸でさえも、衛生科の隊員以外は早くに訓練等でそうしたことを教わらない。

班長が止血の重要性を熟知していたのは、救急病院に勤める医師が親戚にいたからだった。

――ダメだ。とても自分たちの手に負える相手じゃない。敵には航空支援もあるし、へたすりゃ、全滅ってことにもなりかねん。陸さんの応援が来るまで籠城戦に持ちこむしかないだろう。

「よーし、全員、本部へ戻れっ。屋内だ。そこで敵を迎え撃つ。戻れーっ、本部だ、本部」

班長は右足をひきずりながらも、設備や建物等に身を隠し、早足で本部を目指した。

「班長、腕をどうぞ」

途中で合流してきた部下の一人が青ざめた顔を向けながらも、そういって肩を貸した。

敵にもおそらく死傷者は出ているはずだが、本部に戻って傷の手当を受けた班長は、隊長らとともに人員の掌握にあたって愕然《がくぜん》とした。

少なくとも五名の死亡者と自分を含めて十数名の負傷者が出ていた。

――それにしても、敵襲でままならなかったとはいえ、空自でも優秀な隊員ばかりを集めた通信電子小隊の手にさえ負えないシステムの異常ってのは、いったいなんなのか。

門外漢ではあったものの、班長には敵襲以上に日本製の最新のレーダー・システムが中国の電子戦によってダウンしたことのほうが信じられなかった。

再び二〇二〇年六月
沖縄那覇　陸上自衛隊那覇駐屯地

――中国軍によるＥＭＰ攻撃。

仮に、佐藤の弁にいくらかの飛躍があるとしても、起こりうる状況を想定しない戦い方、あるいは自軍に都合のよい想定による戦い方をすれば、それはおのずから敗れるリスクを高める。

おそらく佐藤がもっとも言いたいこともそこにあるのだと、藤堂にはすぐに読めた。

ただその藤堂にも、日本が置かれる状況を正確に予期することはできなかった。近い将来、日本で次のような会話がかわされることになるということも。

「情けないことに、中国側の圧力に屈したマスコミが伝えないだけで、実際には、これまで多くの日本人が、共謀罪その他の濡れ衣を着せられて逮捕、勾留、拘置されただけでなく、実刑が課せられて刑務所に入れられてることを、おたくは学者だから知らんわけじゃないだろう。

赤化教育を受け入れない日本人は容赦なく摘発する、反中の芽を摘むといったことが堂々とおこなわれてるんだ」

「あなたねえ、かつて日本人が大陸でやったことを考えてごらんなさい。それからすれば、いまの彼らの、中国人の、我々日本人に対するあつかいは、乱暴、非道などころか、ていねいなくらいですよ。

実際、あなただって、これまでさんざん中国政府をけなしてこられたようだが、なにか嫌がらせを受けたり逮捕されたりしたんですか？　そうじゃないでしょう」

体制転換以前から親中派の一人として知られて

いた学者はそういいきったが、かつて保守論客としてよく知られた男も負けてはいなかった。

「逆らう者には濡れ衣を着せてまで投獄するということの、どこがいったいていねいなんですか。ふつうはね、こんなことは粛清や魔女狩り、あるいは公権濫用ていうんですよ、違いますか？」

「バカいっちゃいけませんよ。あなたがご存じかどうかは知らないが、日本が中国を侵略したときには皇民化教育といってね、中国人や当時の朝鮮の人々に、強制的にですよ、天皇を崇拝するように仕向け、さらには日本語を学ばせ、それを日常的に使うようにと、そういうことをしたんだ」

「いやいや、それは違うでしょう。日本語の普及を」と、途中から反論しようとする男のそれを、

「まだ私が話してるんだ。あなたね、まず聞きなさいよ、人の話を」と、いくぶん声を荒らげるように制して学者は続けた。

「ね、いいですか。自治州になってもう半年になるが、そんなことを、つまり中国語や中国の歴史的な見方というものをですねえ、いまの中央政府や州の臨時政務執行機関が、日本人に要求していますか？　学校でね、子どもたちに中国語を教えなさいといってますか？　いっちゃいないでしょう、そんなこと。

なにが赤化教育だ、見当違いもはなはだしい。私には、あなたが著しく事実認識に欠如しておられるとかしか思えませんね」

こうしたテレビ討論が国内で放送されること自体、藤堂らだけでなく、二〇一九年、二〇二〇年ころまでのほとんどの日本人は思いもしなかったのである。それどころか、多くの日本人はなお東京オリンピックの夢に浮かれていた。

しかし、その時点ですでに日本が恐るべき事態へと至る予兆はあったのだ。

長らく盤石、一強と謳《うた》われた保守政権は、局地的なものとはいえ中国との武力衝突のほか、国内で頻発するテロや反日デモ、凶悪事件、あるいは金の絡む政治工作等によって、次第にその力を失いつつあった。

短期に終結を図ったはずの日中武力衝突も、結果的には多くの日本人犠牲者が出たことによって、保守勢力のなかにさえ、多少の不利益は覚悟して中国との早期の和解、融和政策に至るべきと主張する者もあった。

それは大半の国民も同じで、戦争で命を奪ったり奪われたりするよりは、たとえ島の一つ二つを中国へ渡すことになっても戦争のない状況を望むという声も聞かれた。

だが、それこそが中国が描くシナリオの一章なのだということに、一般の国民はもちろん、対テロ戦に長けたACUの藤堂らさえも気づくことはなかったのである。

藤堂同様、対テロ戦の専門家であるはずの山岡にしても、自分が民間の情報を得るために利用している女に、中国工作機関の影が落とされていることには、まだ気づいていなかった。

少なくとも二〇二〇年初夏の時点での彼らの任務は、果てしなく続くと思えるゲリラやテロとの戦いに、決して疲弊することなく戦いぬくことだった。

たとえその後、自分たちがどのような運命をたどることになろうとも。

（次巻に続く）

RYU NOVELS

極東有事 日本占領

中国の野望

2018年5月23日　初版発行

著　者　中村《なかむら》ケイジ
発行人　佐藤有美
編集人　酒井千幸
発行所　株式会社　経済界
〒107-0052
東京都港区赤坂 1-9-13　三会堂ビル
出版局　出版編集部☎03(6441)3743
出版営業部☎03(6441)3744
振替　00130-8-160266

ISBN978-4-7667-3259-7

印刷・製本／日経印刷株式会社